이광수 자전소설

# 나

(소년편, 스무 살 고개)

이광수 자전소설

# 나

## (소년편, 스무 살 고개)

이광수 지음 / 이상진 엮음

평민사

　의약의 발달과 경제성장에 따라 노인인구는 그 동안 꾸준히 증가되어 왔으며, 앞으로는 그 증가 속도가 더욱 빨라질 전망입니다. 따라서 사회 각층에서 이에 대한 대비에 여념이 없는 듯이 보입니다. 노인을 위한 의료기관이나 양로원 시설을 확충하기도 하고 소외된 노인을 위한 복지혜택을 늘리는 일들이 그런 예입니다. 그러나 정작 우리 주위에서 볼 수 있는 보통의 노년층을 위한 일은 찾아보기 어려운 실정입니다. 노인문화에 대해 진지하게 살펴볼 겨를이 없었던 것입니다.

　대부분의 노년층은 중년의 힘겨운 멍에를 벗고 이제야 겨우 여유를 갖게 되었지만 막상 그 여가시간을 효율적으로 활용할 수 있는 길이 막혀 있습니다. 새로운 일을 찾는다거나 취미를 개발하는 일이 쉽지 않은 상황에서 교양 있는 노년층이라면 가장 손쉬운 문화활동으로 독서를 떠올리게 됩니다. 지금의 노년층이야말로 어떤 면에서 가장 순수한 의미의 독서세대이기 때문입니다. 그 분들이 처음 책을 접했던 때는 라디오도 TV도 없는 시절이었으므로 책이 거의 모든 지식과 정보의 근원이었습니다. 그러나 막상 책을 읽으려 해도 돋보기를 쓰고도 잘 보이지 않는 작은 활자에서부터 지나치게 부담스러운 분량, 젊은이 취향의 내용 때문에 많은 어려움을 겪어야 했습니다. '정보화 사회'의 기본은 정보에서 소외되는 계층을 없애는 것임에도 불구하고, 세간의 관심이 컴퓨터와 인터넷으로 몰리는 가운데 우리의 노년층은 독서활동에서조차 제약을 받게 되고 말았습니다.

이 〈실버문고〉 총서는 그런 문제를 풀어나가는 디딤돌을 마련코자 기획되었습니다. 활자도 크게 하고, 분량이나 내용도 노년층에 적합하게 꾸몄습니다. 따라서 이 총서에는 젊었을 때 읽었으나 다시 읽고 싶은 책에서부터 노년층에 꼭 필요한 정보, 신세대를 이해하기 위한 내용, 순수한 교양물 등이 두루 망라될 예정입니다. 모쪼록 이로 인해 노년층의 독서가 활성화되어, 그것이 작게는 노년기의 여가 활용과 교양 함양에 일익을 담당하고 크게는 다음 세상을 짊어지고 나갈 젊은 세대에게 독서의 의미를 일깨워주는 모범적인 사례가 되기를 기대합니다.

책 읽는 노인에게서 나오는 은발의 예지가 우리 사회를 더욱 젊고 건강하게 합니다.

2001년 봄
〈실버문고〉 기획위원

**책머리에**

　춘원(春園) 이광수(李光洙, 1892-?)는 한국의 근대 문학이 성립되던 1900년대 전반에 아주 중요한 역할을 한 문인이었습니다. 그는 소설가이면서 시인이고 비평가이자 논설가로 활약했습니다. 또한 잡지사와 신문사에서 일을 하기도 하고, 문예지의 발간에도 관여했습니다. 그는 우리 문학사에 길이 남을 작품인 『무정』을 썼고, 농촌계몽운동을 위해 『흙』과 같은 작품을 쓰기도 했으며, 잘 알려져 있는 『단종애사』, 『이차돈의 사』, 『원효대사』와 같은 역사소설도 썼습니다. 그러나 그는 자신이 문학자라고 생각한 적이 없었습니다. 그는 언제나 민족을 계몽시켜서 힘을 길러야 한다고 생각했고, 이를 위해서 사상가요 교육자로 많은 활동을 했습니다. 도산 안창호의 뜻을 받아 수양동우회를 만든 것도 그런 생각 때문이었습니다. 그러나 일제의 식민지 통치가 강화되면서 도산을 비롯하여 수양동우회회원들이 모두 검거되자, 이 와중에 그는 훼절을 하고 말았습니다. 일제 말, 그는 香山光郎으로 창씨개명하고, 친일적인 연설을 하며 친일적인 글도 썼습니다. 이런 친일 행적으로 인해 해방 후 사회적 비난을 받았고, 반민특위에 걸려 형무소 수감생활을 하기도 했습니다. 말년에는 건강이 악화되어 칩거 생활을 하던 중 전쟁이 나자 납북되고 말았습니다.

　『나』는 바로 해방 후인 1947년에서 약 1년 반 동안, 춘원이 자신의 어린 시절을 돌아보며 쓴 자전적 소설로, 「소년편」과 「스무 살 고개」의 두 작품으로 이루어져 있습니다. 이 작품 외에도 그는 자신의 이야기를 담은 소설이나 수필을 여러 편 쓴 적이 있지만, 『나』는 그가 인간적으로나 문학적으로 가장 완숙했던 시기에 자신의 삶을 '있는 대로 적어 보'려는 의도에서 쓰여진 고백서이기에 의미가 있습니다. 그러나, 『나』는 소설로 내 놓은 것이기 때문에 전부가 사실이라고 보기 어렵습니다. 이 작품에서 '나'의 이름이 '이광수' 나 혹은 그의 아명인 '이보경'이 아니라, '김도경'인 것만 보아도 알 수 있습니다. 그러니까, '김도경'은 허구적인 인물인 것입니다.

원래 이 작품은 「소년편」과 「스무 살 고개」가 각기 별개의 작품으로 각각 발표되었으나, 그 내용이나 집필 동기로 보아 하나의 작품으로 묶일 수 있습니다. 이광수가 건강하였다면, 또 납북되는 불행한 일이 없었더라면 장년에서 노년까지 자신의 삶을 돌아본 이야기가 계속되었을지도 모르겠습니다. 하지만 아쉽게도 이 소설은 춘원이 태어날 무렵인 1892년에서, 그가 성숙하여 사회적으로 명망을 얻기 직전인 1912년 정도까지의 20여 년 간의 이야기를 담고 있습니다.

이 작품에는 구한말 몰락 양반의 삶의 모습은 물론이고, 당대 신분변동의 모습이 아주 구체적으로 실감나게 그려져 있을 뿐 아니라, 식민지화 초기의 학교 모습이나, 여성들의 삶에 대한 남다른 관찰이 그대로 드러납니다. 이러한 외적 변화 속에 책임은 많고 가난하고 병약한 한 소년이 고아가 되고 다시 일본 유학생이 되며, 고향에 돌아와 결혼하고 사랑하며, 학교의 교장이 되고, 진정한 깨달음을 얻기까지의 개인적인 삶의 변화가 같이 진행되고 있습니다.

고독하고 불행한 초년의 삶에 비한다면 춘원의 이후의 삶은 상당히 달라졌습니다. 그는 다시 일본 유학을 떠나 개화지식인들과 교류하였고, 폐환으로 고생하는 그를 소생시켜준 여의사 허영숙과 새로운 사랑을 키우게 되었습니다. 1919년에는 동경유학생 대표로 2·8독립선언서를 기초했으나, 이 일로 쫓기는 몸이 되어 상해로 탈출했습니다. 이곳에서 그는 도산 안창호를 만나 그의 평생의 스승으로 삼았습니다. 서울로 다시 돌아온 후에는 왕성한 활동을 벌이는 한편, 결국 사랑하지도 않으면서 결혼생활을 이어갔던 첫 아내 백혜순과 정식으로 이혼하고 허영숙과 재혼했습니다.

이 때 이미 그는 명망 있는 문학자로 이름을 얻고 있었지만, 그의 온건하고 점진적인 민족 독립론으로 인하여 급진적인 사람들과 부딪치는 일이 많았습니다. 뿐만 아니라 그는 근본이 착하고 양심적인 사람이었지만, 마음이 약하고 우유부단하여 일을 그르치는 일도 많았습니다. 결국 그는 위기에 몰리자 친일을 선택하였고, 그 때문에 그 자신은 물론이고, 우리 민족에게도 큰 오점을 남기고 말았습니다. 말년의 그는 아들과 도산의 죽음으로 인한 슬픔, 친일 행적에 대한 비난, 그리고 건강의 악화로 고통 속에 살았지만, 납북되기까지 글쓰기를 멈추지 않았습니다.

춘원이 불행하기만 했던 전 생애를 통해 돌아보고 싶은 아름다운 시절이 있었다면 그것은 아마도 청소년 기의 그 꿈 많았던 시절이 아니었을까 생각해 봅니다. 가난하고 외롭기는 했지만, 그 때는 무엇이든 할 수 있다고 믿었던 순수의 정열이 가득 찬 시기였기 때문입니다. 『나』는 이 점에서 춘원 개인의 삶의 기록이 아니라, 우리 모두가 지나왔던 순수한 시절에 대한 간절한 그리움의 표현이라고 하겠습니다.

2001년 봄
엮은이 이 상 진

# 실버문고 ③⓵ 차　례



## Ⅰ. 소년 편



## Ⅱ. 스무 살 고개

I
..................
소년편

# 서 문*

나는 내 몸뚱이를 날마다 남의 앞에 내어놓는다. 가족의 앞에, 친지의 앞에, 또는 전혀 모르는 사람들의 앞에 내 몸뚱이를 내어 놓고 말과 표정을 통하여서 내 속을 그들의 앞에 끊임없이 내어 놓고 있다. 그 보기 숭한 얼굴을, 그 부끄러운 속을.

못생긴 저를 잘나게 보고 더러운 제 마음씨를 바르게 믿고 혼자 좋아하던 젊은 어리석음은 해가 높이 올라와서 골 안개가 슬어지듯 슬어질 나이가 되었다. 안개에 가리워서 아늑하게 보이던 산의 안개가 걷혀서 검으스름한 바위와 사태에 씻긴 보기 숭한 살이 분명히 드러나듯이 내 못생김

*1951년 문연사(文研社)에서 간행된 「나」의 서문 중 일부

과 더러움이 사정없이 내 눈에 띄울 때가 되었다. 내 속을 뉘가 들여다보랴 하고 마음놓고 하늘과 땅까지도 속이고 살려던 어린 날도 다 지나가고 귀신의 눈이 끊임없이 내 꿈 속까지도 보살피는 줄을 알아차릴 나이가 되었다. 내 입에서 나오는 냄새나는 입김이 옆에 있는 사람의 코에 닿을까 겁을 내고 내 몸에서 떨어지는 비듬과 내 털구멍에서 뿜는 부정한 기운이 바람을 더럽힐까 겁을 내일 철도 났다. 그래서 이 몸을 둘 곳을, 숨길 곳을 찾지 못하여 헤매는 괴로움을 맛볼 때도 되었다. 약왕보살이 향내나는 기름만을 먹고 몸에 불을 놓아서 향기로운 빛이 되려던 심정을 알아볼 만하게도 되었건마는 이 붓을 잡은 손의 추악한 모양을 변화할 힘은 아직 얻지 못하였다.

내가 이 이야기를 쓰는 것은 세상에 빛을 주고 향기를 보내자는 것이 아니라(어찌 감히 그것을 바라랴) 마치 이 추악한 몸을 세상에서 없이 하기 위하여 화장터 아궁이에 들어가서 고약한 냄새를 더 지독히 피우는 것과 같다. 한때 냄새가 한꺼번에 나고는 다시 아니 나는 것과 같이 이 이야기로 내 더러움을, 아니 더러운 나를 살라버리자는 뜻이다. 그러므로 혹시나 이 글을 읽으시는 이는 코를 싸고 읽을 것이다. 눈쌀을 찌푸리며 읽을 것이다.

그러나 나라고 하는 한 생명이 이 때에 이 세상에 나온 것이 결코 우연이 아닌 줄을 안다. 여름에 사람을 못 견디게 구는 파리나 모기도 다 인연이 있어서 나온 것들이다. 그러므로 나라고 하는 한 물건이 어떤 모양으로 살아왔는가 하는 기록은, 똑바로만 쓴다 하면, 사람에게 무용한 것은 아니라고 믿는다. 한 나라, 한 민족의 흥망성쇠의 기록과 다름없이 무슨 뜻을 가진 것이라고 믿는다. 그렇다고 해서 나는 권선징악의 공리적 동기로 이 이야기를 쓰는 것이 아님은 위에 이미 말한 바와 같다. 루소가 그의 참회록에 그는 후일 심판날에 하나님의 앞에 내어놓을 답변으로 그것을 쓴다는 뜻을 말하였거니와 내 이야기는 그런 것과도 다르다. 나는 어디 답변하려고 이 글을 쓰는 것은 아니다. 무엇에 소용이 될른지는 모르나 어디 한번 있는 대로 적어 보자는 것이다. 다만 그 뿐이다.

어디 그러면 내 이야기를 시작해 볼까. 짚북데기 재 속에서 불씨를 주워 모으듯이 오십 여 년 내 묵은 기억을 주워 모아 보자. 나를 사랑하여 주던 사람들, 미워하던 사람들, 무릇 나와 어떠한 관계가 있던 사람들은 다 내 앞에 나오라. 나와서 지나간 일을 한 번 내게 되풀이하라. 혹은 천당에 혹은 지옥에 가있던 이들도 나와 관계를 가졌던 이거든

한 번 내 앞에 돌아와서 할말을 다하라. 원망이 있거든 원
망을, 또는 미진한 정이 있거든 정담을 있는 대로 한번 쏟
아 놓으라. 그러고 내 붓의 힘을 빌려서 우리들의 이야기를
한번 잘 적어보지 않으려는가.

정해년 입춘 뒤 어느 추운 날
새벽에 서울 백악산 밑에서

# 1. 첫째 이야기

내가 나기는 이조 개국 오백일 년, 예로부터 일러오는 이 씨 오백 년의 운이 다한 무렵이요, 사실상 끝 임금인 고종 이십 구 년 봄이었다. 내가 나서 세 살 먹을 때에 갑오 년 난리가 나서 평양 싸움에 패하여 쫓겨오는 청병(淸兵)이 내 고향으로 노략질을 하고 지난 것은 어른들에게 들어서 알 았을 뿐, 내가 살던 동네가 읍에서 사십 리나 떨어졌을 뿐 더러 큰길에서 멀기 때문에 직접 난리를 겪지는 않았다.

나는 나라의 쇠운에 태어났을 뿐더러 우리 집의 쇠운에 도 태어났다. 내 아버지가 큰 집을 팔아서 작은 집을 사고 거기서 남는 것으로 유일한 생계를 삼는 정통적 쇠운의 첫 머리에 내가 마흔 두 살 먹은 아버지의 만득자로, 사대봉사의 장손으로 이 집에 온 것이었다.

내가 난 집은 돌골이 산 밑 늙은 홰나무 박힌 우중충한 집이었다.[1] 내가 외가에 가면 돌골이 도련님이라고 불려진 것은 이 때문이었다. 하지만 타성사람들은 서울집, 혹은 이 장령 댁이라고 불렀는데, 서울살이를 많이 했고 내 고조가 장령이라는 벼슬을 한 때문이라고 한다. 또 우리 집을 정문집이라고도 불렀는데, 내 팔대조와 증조가 다 효자로 표정을 받아서 우리집 대문에 단청을 하고 붉은 널에 흰 글자로 효자 아무의 문이라고 새긴 정문 현판이 달렸던 까닭이다. 그러나 아버지가 정문 있던 집을 팔고 대문 낮은 초가집으로 떠나온 뒤로 그 붉은 정문 현판은 종이로 싸고 섬 거적에 묶어서 으슥한 구석에 매달아만 두었기 때문에 정문집이라는 명예로운 칭호는 내가 난 뒤에 들어보지 못했다.

만일 내 조부가 우리 집에 그냥 살았다면 우리 집은 좀더 세상에서 대접을 받았을는지 모르지마는 풍류객인 조부는 기생작첩을 하여 가지고 읍내에서 일찍부터 딴 살림을 하여서 제사 때에나 잠깐 집에 다녀갈 뿐이었고, 그나마 환갑이 지난 뒤로는 영영 우리 집에 오지 않았다. 조모는 내가

---

1) 춘원은 1892년 2월 초일 평북 정주군 갈산면 익성리 940번지 돌고지에서 아버지 이종원과 삼취부인 충주 김씨 사이에서 전주 이씨 문중의 5대 장손으로 태어났다.

나기 전에 세상을 떠났기 때문에 나는 그를 잘 모른다. 사진도 없던 때요, 또 영을 그릴 만한 지위도 없었기 때문에 조모의 모습을 알 길은 없었다. 다만 어른들이 하는 말에서 그가 키가 후리후리하고 몸피가 부대하고 얼굴이 둥글었다는 것과, 조부가 명옥이라는 기생과 딴 살림을 한 후로는 제삿날밖에는 남편의 얼굴을 대한 일이 없었다는 것을 알 뿐이다. 그가 첩에게 대하여 강짜를 하였다는 말은 듣지 못하였는데, 그의 조카 되는 아저씨 말에 비추어 보면 마음이 너그러워 질투의 불을 태울 사람은 아니었으리라고 생각된다. 아무려나 남편을 제삿날에만 만나다가 돌아간 조모는 결코 팔자 좋은 여인이라고 할 수는 없다.

그러나 시어머니 없는 집에 스무 살 갓 넘은 철없는 며느리가, 밤낮 출입만 하는 남편의 치다꺼리를 하면서 기를 줄 모르는 아이를 기르는 것도 어려운 일이었을 것이다. 어머니는 열 다섯에 서른 다섯 살 된 남편에게로 시집을 와서는 그 날부터 주부노릇을 하였다고 한다. 열 다섯 살 먹은 어린 주부가 우중충한 커다란 집을 혼자 지키고 있었을 것을 생각하면 지금 생각해도 동정이 된다. 우리 집에는 내가 나기까지 다른 식구는 없고, 게다가 아버지는 집에 붙어 있는 날이 없었다. 혹시 다 저물어서 집에 돌아오면 술에 대취한 상태였다. 열 다섯 된 아내가 술 취한 남편을 섬길 힘이 있었을 리가 없고, 그리하면 남편은 남편대로 아내를 업신여겼을 것이다. 이러고 좋은 가정이 될 리가 없었다.

하나 그 뿐인가. 우리 집에는 일년에 열 번이나 제사가 있었고, 게다가 사오 번의 명절까지 가하면 해마다 열 다섯 번이나 제사가 있었다. 친척들이 모여와서 제사를 차렸지마는 종손부는 종손부다. 더욱이 혼자 손으로 차려야 하는 제사가 둘이나 있었으니, 그것은 아버지의 전실 부인이었다. 아버지는 열 다섯에 첫 장가를 들어서 삼 년 만에 상처를 하고, 둘째 번 맞은 이는 딸 하나를 낳고 돌아가고, 나를 낳은 어머니는 셋째 번 장가든 이었다. 어머니는 이 제사도 다른 제사와 다름없이 목욕하고 새 옷을 갈아입고 제수를 차리는 것을 나는 보았다.

내 기억에 나의 외조모는 가끔 집에 왔다. 그는 우리 집에 올 때에는 꼭 무엇을 들고 아버지가 집에 있나 없나 눈치를 보면서 들어왔다. 아버지가 외조모를 좋아하지 않기 때문이었다. 나는 아버지가 외조모를 싫어한 까닭을 다 알지는 못하지만 한 가지는 안다. 그것은 외조모가 우리 집에 오면 고사를 지내거나 무르츠개질을 하는 때문이었다.

우리 집도 구가라 위하는 귀신이 많았다. 내 기억에 남는 대로 꼽더라도 안방, 윗목, 시렁 위 문밑께로부터 차례로

좌정한 귀신이 첫째로 마을, 둘째로 서천인데 해마다 한 번 세간을 들어내고 방에 새로 흙물을 바를 때에 마을 서천의 설작을 열어보면 마을에는 무명과 명주로 만든 여자의 옷과 피륙이 있고, 그밖에 커다란 장지에다가 채색으로 말을 그린 마지라는 것이 들어있고 서천이라는 검은 칠을 한 설작에는 백목과 굵은 베가 피륙대로 들어있었다.

마을 서천이라는 큰 그릇 위에는, 이름은 잊었으나 작은 것이 둘인가 셋인가 차례로 놓여 있었다. 보 위에는 베와 백지를 접어서 매어 단 성주는 말할 것도 없거니와 곳간에는 제석님이라는 신이 모셔 있었고 뒤 울안에는 '텰룡'이란 큰 오쟁이가 놓여 있어서 이 속에는 집을 지키는 구렁이가 들어서 산다고 하며 대문간에는 광대 삼성이라는 찬란한 오색 비단 헝겊을 늘인 귀신이 있으니 이것은 대과에 급제한 집에만 있다는 명예로운 귀신이었다.

뉘에게서 들었는지 기억은 없으나 우리 집에서는 대대로 해마다 불공을 드리고 일년 일차 무당을 들여 굿을 하였다는데, 조모가 돌아간 후로 불공도 굿도 다 않게 되어서 그 때문에 신벌이 내려서 우리 집 세사가 갈수록 어려워진다는 것이었다. 게다가 집은 점점 더 어려워져서 굿을 할 마음이 있어도 할 힘이 없게 되었다. 나는 어머니가 아버지를 보고 다시 굿을 할 것을 여러 번 조르는 것을 보았다. 그러

면

"그 쓸데없는 소리 말아. 또 양씨가 그런 소리를 하는 게지."

하고 아버지는 버럭 화를 내었다. 양씨란 외조모다.

그러나 만득자 외아들인 내가 몸이 따끈따끈할 때에는 굿을 못해도 외조모가 하는 정도의 일을 잠자코 있었다. 아버지는 술 먹는 일 외엔 욕심이 없는 사람이면서도 나 하나만은 무척 소중하게 여겼다. 그런데 나라는 것이 어려서 잔병이 많아서 퍽이나 아버지의 속을 썩였다. 내가 앓을 때면 아버지는 출입도 않고 사랑에도 안 나가고 내 곁에서 잤다. 등잔에는 참기름 불을 켜고 아버지는 대님도 끄르지 않고 둥근 목침을 뉘여서 베고 내 곁에서 잤다. 참기름 불을 켜는 것은 정성을 드리는 표요, 둥근 목침을 뉘여서 베는 것은 잠이 깊이 들지 말자는 뜻이었다. 이럴 때면 외조모를 청해 무당에게 무꾸리한 대로 무슨 무르츠개나 할 수 있었다.

아버지는 내 몸에 좋다는 것이면 무엇이나 다하여 본 모양이었다. 물론 우두도 놓았다. 지금은 모두 우두를 맞지만 그 때는 그렇지가 않았다. 나는 우리 이웃에 마마하는 아이들을 많이 보았고, 길가 뽕나무에 오색 헝겊을 단 짚 오쟁이를 본 기억이 많다. 이것은 마마가 끝난 뒤에 손님(별성마마)을 배웅하는 것이었다. 작은 손님(홍역)과 큰손님(천연두)은 사람으로 태어나서는 면할 수 없는 것으로 알고 있었다. 이 두 손님을 치르고 나야만 제 아들, 딸이라고 생각하였다.

마마하는 사람이 있는 집에서는 대문에 금줄을 늘여 외인의 출입을 막고 온 가족은 말도 크게 하지 못하고 조심하였다. 별성마마는 목숨을 맡은 신의 사신이어서 이 손님께 조금이라도 불공(不恭)한 일이 있으면 그 버력이 앓는 사람에게로 내려서 작으면 곰보가 되고 크면 소경이 되고, 더 크면 죽는다는 것이었다. 그래서 손님을 모신 집에서는 내외가 한자리에 들지도 못하고 살생은 물론이거니와 모든 비린 것 부정한 것을 끼어서 오직 정한 소찬(素饌)만을 먹고 등도 반드시 참기름불 장등을 하였다. 그러다가 마마가 다 내어 뽑고 더뎅이가 떨어질 때가 되면 깨끗한 짚으로 오쟁이를 틀고 거기 색 헝겊을 달고 기타 예물을 담아서 동네 동구 밖 뽕나무에 달고 흰 떡, 무나물 같은 정한 제물을 차려서 무당이 배웅을 하는 것이었다. 이렇게 마마라는 구실을 치르는 것이 이 세상 인간생활을 할 자격을 얻는 것이었다.

아직 우두도 안 놓고 구실도 아니한 나를 둔 아버지는 나 때문에 잠시도 마음을 놓지 못하는 모양이었다. 이런 때에

는 외조모가 와서 여러 가지 귀신에게 비는 것도 못 본 체
하고 또 몸소 나를 데리고 절에 불공도 갔다. 흰 종이 조각
에 주묵으로 그린 이상야릇한 부적도 얻어다가 대문이며
방문, 지도리 위에 붙였다. 한 번은 먹으로 그린, 머리 셋
있는 매의 그림을 갖다가 벽장문에 바른 일도 있다.

"아버지, 그건 뭐요?"

하고 내가 물으면, 아버지는,

"이것은 삼두응(三頭鷹)이라고 하는 것인데 삼재팔난(三災
八難)을 쪼아 먹어버리는 매다."

하고 가르쳐 주었다.

아버지는 또 풍수설을 아는 사람을 데리고 조상의 산소
를 돌아보고, 내 조모의 산소가 좋지 않다고 걱정을 하셨
다. 하지만 돈이 없어 돌아갈 때까지도 산소를 고치지 못하
였다.

아버지는 무슨 큰 불행이 우리 집에 닥쳐오는 것을 예감
한 모양이었다. 그가 세상을 떠나기 전 삼사 년간은 항상
꿈자리가 사납다고 낯을 찡그리고, 집터가 나쁘다고 집 옮
길 말을 하고, 그렇게 쇠할 나이도 아니건마는 눈에 뜨이게
몸이 수척하고 얼굴이 치사하였다.

그러는 동안에도 나는 차차 나이를 먹고 키가 자랐다. 언
제부터 어떻게 공부를 시작하였는지 모르거니와 한글도 깨

치고 한문도 『대학(大學)』, 『논어(論語)』, 『맹자(孟子)』, 『중용(中庸)』, 『고문진보 전집(古文眞寶 前集)』, 『사략(史略)』 하편 같은 것도 읽었다. 나는 『맹자』와 『중용』을 글방에서 배운 것은 기억하나 『천자문』과 그 밖의 것은 아마 아버지께 배운 것 같다. 갑자(甲子), 을축(乙丑)하는 육갑(六甲)도 배우고, 갑기지년(甲己之年)에 병인두(丙寅頭), 을경지년(乙庚之年)에 무인두(戊寅頭)하는 것이며, 갑기야반(甲己夜半)에 생갑자(生甲子), 을경야반(乙庚夜半)에 생병자(生丙子) 하는 것 등도 배우고 사례(四禮)도 배워서 축문도 내 손으로 썼다. 이것은 아버지가 재미와 자랑거리로 내게 씌운 것이다.

이렇게 해서 나는 재주 있는 아이라는 소문이 났다. 나는 순(舜) 임금 모양으로 눈동자가 둘이라는 둥, 무엇이나 한 번 들으면 잊지 않는다는 둥 무척 과장된 칭찬을 받게 되었다. 아버지 친구들이 찾아오면 내게 글자를 물어 보고 내가 그것을 알면 과연 용하다고 굉장하게 칭찬을 하였다. 그럴 때면 아버지는 만족한 듯이 웃었다. 물론 이런 칭찬은 다 엄청나게 과장된 것이요, 사실은 아니었다. 그렇지만은 나 자신도 우쭐하지 않을 수는 없었다. 공부에 들어서는 아무도 나를 못 따르리라는 생각을 가지게 되었다.

나를 과장하여 칭찬하는 사람들은 내 눈 정기가 좋은 것을 말하고 내 얼굴이 잘난 것을 말하였다. 그들의 말에 의

하면 나는 천에 하나도 만에 하나도 드문 큰사람이 될 것이었다.

"야, 재주가 아깝구나. 세상이 말세니 재주를 쓸데가 있나."

하고 나를 위하여서 한탄하는 사람도 있었다. 내가 세 살 나던 해부터 소위 갑오경장이라고 해서 과거 제도가 없어지고 말았으니 과거 없는 글을 무엇에 쓰느냐는 것이었다.

과거란 좋은 것이었다. 아무리 궁하던 선비라도 한 번 과거에 급제만 하면 복록이 거기 있었다. 『고문진보』에 진종(眞宗) 황제의 「권학문(勸學文)」이라는 글이 있다.

"잘 살려고 좋은 밭을 사려 말라.

글 속에 저절로 천석 타조가 있다.

편안히 살려고 큰 집을 짓지 말라.

글 속에 저절로 황금 집이 있다.

장가들기에 좋은 중매 없어 걱정 말라.

글만 하면 얼굴이 옥 같은 계집이 있다."

글만 잘하면 재물도 집도 미인도 저절로 생긴다는 것이다. 그런데 이제 말세가 되어서 그 좋은 과거가 없어졌으니 내가 아무리 글을 잘하기로 무엇에 쓰느냐 말이다.

어린 마음에도 과거가 없다는 것은 퍽이나 섭섭하였다. 정도령이 들어앉고 새 나라가 되어서 다시 과거가 생길 것이라고 하는 사람도 있었다. 홍패(紅牌) 한 장이면 벼 백 섬, 기와집 한 채는 걱정 없는 세상이 오기를 바라는 것이 이때에 글방 도련님네의 소원이요, 동시에 내 소원이었다.

나는 '과거만 있다면야' 하고 작은 주먹을 불끈 쥐었다. 아버지한테 과거 보는 방법도 들었다.

'그렇지만 과거가 없으니 무얼 해?'

이 생각은 내게 절망에 가까운 그늘이 되었다. 그래도 글은 읽었다. 『사요취선(史要聚選)』, 『사문유취(事文類聚)』가 과거 준비에 필요하다는 말을 듣고 그것을 떠들어 보기도 하고, 열 여덟 귀 시, 부를 짓는 연습도 하여 보았다.

지금 내 안목으로 생각하면 그 때에 우리 집을 건질 길은 글공부보다도 농사를 시작하는 것이었다. 이 때에 눈 밝은 사람들은 많이 글을 집어 던지고 일찍부터 농사를 시작하여 얼마 아니하여서 생활이 안정되었다. 그러나 낙방 거사인 책상물림으로 아버지는 농사를 지을 생각은 안 했다. 어머니는 농가에서 자라서 퍽 농사를 하고 싶어하였으나 아버지는 대대로 농사를 모르던 버릇이 고질이 되어 있었다. 아버지는 마치 나라에서 부르시기를 기다리는 사람모양으로 고식적인 생활을 하고 있었다.

그렇게 하여 날로날로 가난에서 가난으로 굴러 떨어져서 그가 만 오십이 되던 해에 집을 팔아서 약간의 빚을 갚고

선산 나무를 찍어서 새로 집 한 채를 일으켜 세웠으니 이것
이 삼 년 후에 그가 세상을 떠나고 우리 살림이 파하여진
마지막 집이었다.

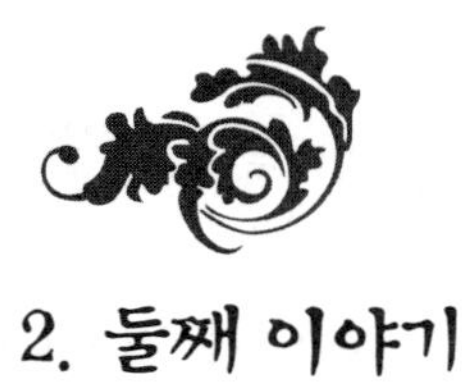

# 2. 둘째 이야기

　나는 아버지의 귀하고 귀한 만득자로, 또 오대 장손으로, 재주 있는 아이로 육칠 세까지는 남의 대접을 받고 자라났다. 그러나 집이 더욱 가난하여져서 아버지가 폐포파립(弊袍破笠)으로 구걸을 하다시피 하게 되매 우리 집에는 오는 손님도 끊어지고 제삿날이 되어도 일가 친척이 모이지 않았다. 나는 가난의 설움을 뼛속 깊이 느꼈다.

　우리 집의 가난은 아버지가 넷째 집을 팔고, 아버지에게는 마지막 집인 새 집을 지을 때에 극도에 달하였었다. 왜 그런고 하면 이 집은 방 두 칸, 사당칸 한 칸, 부엌 한 칸, 그리고는 헛간 한 칸으로 된 집이어서 이보다 더 간략할 수는 없는 오막살이였고, 그것도 힘이 부족하여서 담도 반 밖에는 못 두르고 대문도 없이 칠 홉쯤 짓다가 내버리다시피한 집이기 때문이다. 터도 물론 남의 밭 한 귀퉁이를 떼를 써서 얻어낸 것이다. 집 한 채 들어앉고 채마라고 손바닥만한 땅이 붙어 있어서 어머니가 거기다가 오이, 가지, 강냉이, 온갖 채소를 조금씩 조금씩 다 심고, 옷감을 얻는다고 삼까지도 심었다. 농가에서 자란 어머니는 요만한 농사라도 짓는 것을 기뻐하였고 또 그 농사 덕에 여름내 가으내 푸성귀를 얻어먹고 내가 오이와 강냉이를 따먹을 수도 있었다. 어머니는 요 조그만 땅이 터지도록 여러 가지를 심었다. 호박과 바가지는 집 가로 돌려 심고 외가에서 얻어 온 봉숭아, 금전화, 분꽃 같은 화초도 심었다.

"밭이라도 두어 떼기 있었으면……"

어머니는 철모르는 나를 보고 이런 소리를 가끔 하였다. 실상 밭만 하루갈이 있었더라도 어머니는 온갖 농사를 다 지었을 것이다.

외가에는 논도 있고 밭도 많았다. 그러한 집에서 자라난 어머니는 논밭이 퍽 그리웠던 모양이었다. 나도 밭과 농사에 대하여서 약간 취미를 가졌다면 그것은 이때에 얻은 것이었다. 나는 어찌하면 밭을 좋은 것을 하루갈이 사서 어머니의 소원을 풀어줄까 하고 궁리하였다. 그러나 칠팔 세된 아이가 아무리 궁리를 하기로 별 도리가 나올 까닭이 없었다.

"돈이 어디서 나서"

나는 벌써 돈의 힘을 느꼈다. 이 세상의 모든 밭에는 주인이 있다는 것과 그것을 내 것으로 만들려면 돈을 주고 사야 된다는 것도 알았다. 그런데 그 돈이 어디서 나는 것인지 그것을 나는 몰랐다. 우리 집에는 돈이 있는 것을 보지 못하였다.

나는 어머니의 소원이 빌미가 되어서 돈벌이하는 길을 연구하여 보았다. 쌀이나 기타 곡식이 먹고 남아서 장에 내다가 팔면 돈이 생기는 줄은 알았으나 쌀을 사다가 먹는 우리로서는 팔 것이 있을 리가 없었다. 우리 집에 조상적부터 내려오는 물건 – 병풍, 책, 놋기명 같은 것들이 없어진 뜻도 인제는 알게 되었다. 아버지가 팔아버린 것이었다. 내게 잠깐 빌려간다고 속여 내 이모부에게 내어 준 칠서(七書)도 다시 돌아올 것이 아닌 것인 줄을 깨닫게 되었다.

이 칠서에 대하여서는 한 마디 않을 수 없다. 이 칠서는 적어도 나로부터 팔 대 이상을 전하여 오던 것일 것이다. 이 책으로 내 칠 대, 육 대, 오 대조가 다 공부를 하였고, 내 고조 장령공이며, 내 증조 사간, 종증조 승지공이 다 이 책으로 공부를 하였고, 내 조부, 종조부, 아버지, 삼촌이 다

이 책으로 공부를 하였던 것이다. 그런데 외조모가 돌아가서 그 초종(初終)에 왔던 이모부가 우리 집에 와서 하루를 묵고 갈 때에 이것을 가지고 간다는 것이다. 이 책을 꺼낼 때에 나는 알았거니와 사랑간 책을 담았던 큰 뒤주 속에는 책이라고는 『고문진보』 전·후집 두 질, 『한훤차록(寒喧箚錄)』 한 벌, 『주자봉사(朱子封事)』 한 벌, 고조부의 일기 한 벌, 『마경(馬經)』 한 벌, 『무원록(無冤錄)』, 『척사윤음(斥邪倫音)』, 『이서필지(吏胥必知)』, 이런 허접쓰레기 책이 남아 있을 뿐이요, 내가 과거 볼 때에 쓴다던 『사요취선』, 『사문유취』 같은 것조차 없어지고 말았다. 이것은 아버지가 나 모르게 꺼내어 팔아버린 모양이었다. 내게 알리지 않은 아버지의 심정을 모름이 아니지마는 나는 무척 슬펐다. 그래서 울면서 이숙에게 팔아 넘기려는 칠서만은 안 된다고 나는 발버둥을 치고 울었다. 나는 어머니가 원하는 밭 하루갈이가 생긴다 하더라도 이것만은 내어놓기가 싫었다. 그러나 내 이종형이 잠깐 빌려다가 읽은 뒤에 가져온다는 말에 눈물을 씻고 양보하였던 것이다.

그 후 얼마 지나서 나는 이모의 집에를 갔다. 이모는 나를 무척 귀애하였고, 내 이종형은 말할 것도 없거니와 형수도 나를 귀애하였다. 이모 집은 잘 사는 집이기 때문에 닭도 잡아 주고 떡도 하여 주고 여러 가지로 대접을 받았다.

이 집에는 밭도 많고 돈도 많다고 생각하고 부러웠고, 또 형수도 있고 누이들도 둘씩이나 있는 것이 놀기가 좋았다. 우리 집은 왜 이렇지를 못한가 하고 어머니가 불쌍한 생각이 나서 이모에게 밭 하루갈이를 달랄까 하다가 부끄러워서 말을 내지 못하였다.

형을 따라서 서당에를 갔다. 거기는 아이들이 많았다. 그 중에 형은 접장으로 맨 아랫목에 정자관을 쓰고 앉아 있었으나 선생만 나가면 형은 머리카락으로 활을 매어서 바늘 화살로 벽에 붙은 파리를 쏘았다. 형은 장난꾼이었다. 장가를 들고 정자관을 썼지마는 나이는 열 대여섯 살밖에 되지 않았었다. 형수는 형보다 네 살이나 위여서 다 어른이었다. 살이 희고 눈이 가늘고 아무도 없는 데서는 내 머리도 만져주고 손도 만져주었다. '도련님'이라고는 하면서도 제 동생 같이 나를 가지고 놀았다. 나는 그것이 싫지 않아서 '아주머니, 아주머니' 하고 따랐다.

그 집에는 나와 동갑되는 누이와 나보다 두 살 아래 되는 누이가 있었다. 집에서 외톨이로 자라난 나는 이 누이들과 노는 것이 제일 좋았다. 윷도 놀고, 공기도 놀고, 풀 뜯으러도 다녔다. 이 모양으로 나는 며칠 동안 가난과 외로움을 잊어버리고 잘 놀고 집으로 왔다. 내 책을 읽고 있는 형을 원망도 안 했다.

그러나 집에 돌아와 보니 마치 밝은 데 있다가 갑자기 어두운 데로 들어온 것 같았다. 첫째로 동네가 그렇다. 이모네 집이 있는 받여울은 같은 김가만 수삼십 호 자성일촌(自成一村)하여 사는 부촌이었다. 기와집만이 십여 호나 있고 초가집도 모두 크고 깨끗하였다. 그런데 우리가 새로 집을 지은 곳은 우중충한 산 밑인데다가 집이라고는 단 세 채였다. 단 세 채라고 하여도 모조리 불이 붙게 가난한 집이었다. 천지간에 가장 빈궁한 이웃, 그 중에도 가장 빈궁한 집이 우리 집이었다.

우리 집에는 삐걱하는 대문도 없고 번화한 닭, 개의 소리도 없었다. 사람도 조석을 굶는 처지에 닭, 개는 무엇을 먹이나, 쥐도 우리 집에는 붙을 리 없으니 동네 고양이도 올 리가 만무하다. 하물며 말, 당나귀의 기운찬 소리며, 소, 송아지의 소박한 소리가 우리 이웃에서 날 까닭이 없었다.

내가 이렇게 구슬픈 생각을 안고 집에 다다랐을 때 어머니는 마당에서 혼자 삼을 벗기고 있었다. 텃밭에 심었던 삼을 여남은 단 베어서 다른 사람들 하는 삼굿에 넣어서 찐 것을 앞개울에 담가 두었다가 집으로 옮겨서 벗기는 것이었다. 얼른 안 벗기면 말라서 안 벗겨진다. 나는 이모댁 이야기와 이런 대접 저런 대접받던 이야기를 하면서 이모가 싸준 떡과 찐 옥수수와 닭의 다리와 이런 것으로 어머니와 함께 점심 삼아 먹고 어머니를 도와서 삼을 벗겼다.

이렇게 벗긴 삼을 어머니가 혼자 바래어서 삼실을 만들었다. 이것은 한 필 베가 되어서 이듬해 여름 옷감이 되었다. 아마 어머니는 이 삼베에 재미를 붙임인지 이듬해에는 누에를 한 방 놓았다. 한 방이라는 것은 길다란 발로 둘이었다. 물론 우리 집에는 뽕나무가 없었다. 재작년까지 살던 집에는 밭도 있고 뽕나무도 있었건마는 지금은 없었다.

나는 어머니가 뽕 따러 가는 데도 한 두 번 따라가 보았다. 어머니는 바구니와 보자기를 가지고 아침 일찍 나섰다. 외갓집 밭둑으로 가는 것이다. 거기는 커다란 뽕나무가 열 나무도 넘는데 그 중에는 갈비라 하여 잎사귀 큰 뽕도 있었다. 오디는 아직 까맣게 익지는 않았으나 불그스레하였고 더러 잘 익은 놈도 있었다. 나는 뽕보다도 오디 따먹기에 정신이 없었다.

어머니는 계집애 적에 해마다 뽕을 따던 곳이건마는 출가 외인이라 이제는 남의 것이요, 게다가 외조모까지 돌아가고 이제는 올케와 조카며느리들의 것이 되었으니 마음에 꺼리는 모양이어서 처음에는 사람이 있나 없나 하고 사방을 돌아보다가 이파리 잔 뽕을 훑기 시작하였다. 그러나 점점 이 뽕나무는 우리 뽕나문데 하는 생각이 나는 모양이어서 차차 담대하게 갈비도 따기 시작하였다. 한 바구니가 차

면 보에 쏟고 이 모양으로 커다란 보 위에 거의 뽕잎이 그
득 찼을 때에,

"뽕 따지 마우. 거 누구야, 남의 뽕을 따게."

하는 날카로운 소리가 들렸다. 어머니는 휘어잡았던 뽕
나무 가지를 놓고 뒤를 돌아보았다. 나도 돌아보았다. 소리
임자는 분명 내 외사촌 형수였다. 어머니에게는 조카며느
리지마는 나이로는 얼마 틀리지 않았다. 형수는 종종걸음
으로 이 쪽을 향해 오고 그 딸과 개가 따랐다.

나는 어머니를 쳐다보았다. 아직 이십 칠팔 세밖에 안 되
는 어머니건마는 가난 고생에 나이보다는 늙었고 머리까지
적어진 것 같았다. 어머니는 잠깐 망설이더니 무슨 결심을
했는지 천연스럽게 뽕나무 가지를 휘어잡아 득득 잎사귀를
훑었다.

"아, 그래도 뽕을 따네. 따지 말라는 데 남의 뽕을 따."

형수의 목소리에는 노기가 있었다. 개가 먼저 짖으며 달
려왔다. 그러나 낯익은 나를 보고 우뚝 서서 꼬리를 흔들었
다. 형수도 우리가 누구인지 알아본 모양이었다. 그런데도
어머니는 모른 체하고 뽕만 따고 있었다. 내 뽕을 따는 데
무슨 상관이냐는 듯한 태도였다. 뽕 도적놈이 우리 모자인
줄 안 형수는 머쓱해서 섰다.

다른 때 같으면 내가 '아주머니, 내요' 하고 나설 것이지

마는 나는 내 어머니와 형수와의 사이에 지금 이상한 적의가 있는 것을 알고 나도 어머니 모양으로 모른 체하고 오디를 따고 있었다. 나는 어머니 편이 될 수밖에 없었던 것이다.

한참 동안 아무 말이 없었다. 퍽이나 야릇한 장면이었다. 마침내 형수가 먼저 항복을 했다.

"아이, 돌고지 도련님이요? 난 누구라고."

형수는 이렇게 말하고 내 곁으로 왔다. 나는 형수를 보고 싱겁게 웃었다. 형수는 내가 싫어하는 사람은 아니었다. 그러나 외조모가 내게 밤이나 떡이나 이런 것을 싸 줄 때에는 늘 이 형수의 눈을 꺼리는 눈치였기 때문에 형수를 만만하게 생각하지는 않았다. 그는 키가 작달막하고 눈이 옴팍눈이요, 입을 꼭 다물어 그 동그스름한 얼굴에 매서운 빛이 있었다. 뒤에 두고 보아도 그 형수는 무척 똑똑하고 능한 사람이었다. 형수는,

"아주머니"

하고 반갑게 불렀으나 어머니는 고개도 돌리지 않고 여전히 뽕을 따면서,

"도경아, 인제 고만 집으로 가자."

하고는 뽕나무 가지를 놓고 형수와 마주치지 않을 방향으로 몸을 돌려서 뽕 보자기께로 간다.

나는 어머니의 음성이 심상치 않음을 느껴서 곧 어머니를 따라가서 그 얼굴을 들여다보았다. 어머니 눈에는 눈물이 그득 차 있었다. 부끄럽기도 하고 분하기도 하고 집이 가난한 것이 원망스럽기도 한 것이었다.

집에 돌아오니 누에들은 배가 고파서 모가지를 높이 쳐들어 내어 두르고 있었다. 어머니는 손에 뽕잎을 듬뿍 집어서 누에 위에 주었다. 누에들은 좋아라고 이 눈물 젖은 뽕잎을 소나기 소리를 내면서 먹었다. 누에도 나와 같이 가난한 집에 태어나서 내가 밥을 굶는 모양으로 가끔 뽕을 굶었다. 그러나 어머니는 뽕을 굶기지 않으려고 애썼다. 나도 가끔 동무네 집에서 뽕을 얻어도 오고, 훔쳐도 왔다. 이렇게 도적질한 뽕, 비럭질한 뽕을 얻어먹고도 누에는 제대로 자라서 고치를 지었다.

나중에 알고 보니 어머니가 이렇게 구차스럽게 누에를 친 것은 내가 장가들 때에 쓸 것을 준비함이었다. 또 이삭 면화를 주워서 백목 두 필을 짠 것도 같은 목적으로 한 것이었다. 그러나 어머니는 마침내 내가 장가드는 것을 보지 못하고 돌아가셨고 그 명주와 무명은 어머니의 은 패물과 함께 내가 서울로 공부를 떠나는 노자가 되고 말았다.[2]

---

2) 춘원은 1902년에 부모를 괴질로 잃고 방랑하다가 이듬해 동학에 입도하여 박찬명 대령 집에 기숙하며 동경과 서울에서 오는 문서를 베껴 배

어머니는 내가 열 살 되던 해부터 벌써 나를 장가들일 생각으로 아버지를 졸랐다.

"남들은 열한 살에 다 장가를 들이는데."

하고 삼십이 갓 넘은 어머니는 아버지더러 며느리를 얻어내라고 보챈 것이었다. 그 때에는 조혼 풍습이 있어서 밥술이나 먹는 집에서는 아들을 열세 살을 넘겨서 장가들이는 일이 거의 없었다. 신랑보다 사오 년, 심하면 육칠 년 더 먹은 며느리를 맞아다가 일변 부모가 낙을 보고 일변 하루바삐 씨를 받으려는 것이었다. 세월이 흉흉하였던 그 때는 자식을 빨리 혼인시키는 것이 부모의 시름을 놓는 일이라고 생각하였던 것이다.

"노랑두 대가리
물레줄 상투야
언제나 길러서
내 낭군 삼나"

하는 민요는 이것을 말하는 것이다.

어머니 생각에 나를 장가들이기에 가장 필요한 것이 명주 몇 필, 무명 몇 필, 은패물 몇 개 이런 것이었다. 어머니

---

포하는 심부름을 했다. 1904년에 일본 관헌의 동학 탄압 때문에 피신하다가 상경하게 되었는데, 이 때 어머니가 남긴 유일한 유산인 명주와 무명, 은패물을 노잣돈으로 썼다고 한다.

는 자기가 시집 올 때 가지고 온 옷을 모두 입지 않고 장에 넣어 두었고 이불 두 채도 이불보에 싼 채로 시렁에 얹어 두고 내어 덮는 일이 없었다. 아무리 밥을 굶어도 은패물을 내어 팔 생각은 안 했다. 어머니는 궁한 늙은 남편을 둔 아내로서 아무 다른 낙도 희망도 없고 오직 며느리를 보는 것으로만 살아가는 목표를 삼은 것이었다.

어머니는 세상에서 이른바 날렵하다거나 칠칠한 부인은 아니었다. 꾀가 있는 것도 아니요, 말재주가 있는 것도 아니었다. 아버지에게는 미련퉁이 소리를 들었으나, 아버지도 진정으로 그렇게 생각한 것은 아니었다. 외조모의 대상(大祥)에 다녀온 후로 일체 외가에를 가지 않는 어머니의 행동은 마음에 잡은 바가 굳은 표였다.

"없는 사람이 있는 일가 집에 찾아가면 무엇을 얻으러 온 것 같이 생각한다."

어머니는 이렇게 말하였다. 어머니는 가난을 아프게 느끼는 동시에 그 못 사는 부끄러운 꼴을 남에게 보이고 싶지 않아 했다. 아버지가 폐포파립(弊袍破笠)으로 돌아다니는 것도 어머니는 늘 못마땅하게 생각하였다.

그러는 동안에 내가 여섯 살 적에 누이동생이 나고 누이동생이 세 살 먹던 해에 또 누이동생이 하나 났다. 새집에 와서 세간은 더욱 줄었으나 식구는 둘이나 더 늘었다. 식구

가 느니 살림은 더욱 어려워졌다. 이에 아버지도 최후의 결
심을 한 모양이었다.

# 3. 셋째 이야기

아버지의 갓은 더욱 낡아지고 의복은 더욱 남루하여졌다. 더구나 여름에 노닥노닥한 베옷이 땀에 후줄근한 모양은 비참할 지경이었다. 아버지는 나가서 열흘 스무날 집에 안 들어오는 일이 많게 되었다. 무엇을 하는지는 어머니도 나도 모른다. 우리 사 모자는 밥을 굶어 가면서 아버지가 돌아오기를 기다린다. 나는 이 동안에 짚세기도 삼아 보고 땔나무도 하러 다녔다.

우리 집에는 지게나 낫이나 갈퀴나 이런 연장은 아무 것도 없었다. 나는 새끼 한 바람을 들고 뒷산에 올라가서 삭정이나 마른 풀을 손으로 긁어서 묶어 들고 돌아왔다. 가을이면 어머니도 밭에 나가서 콩가리를 손으로 긁어서 치맛

자락에 싸 가지고 돌아왔다. 쌀이 떨어지면 우리는 밥을 굶었고, 시래기에 수수를 한 옴큼 두어서 끓여 먹는 일도 있었다. 어머니가 심어서 기름을 내인 아주까리 기름으로 밤에 등잔불만은 켰다. 이렇게 굶어 죽게 된 때에는 아버지가 양식을 지고 들어오거나, 또는 사람을 시켜서 지워왔다. 이것을 보면 아버지가 우리를 위해 무엇을 구하러 돌아다니는 것을 알 수 있었다. 이러한 쌀 짐은 판에 박은 듯 밤에 왔다. 아무도 찾아올 사람이 없는 우리 집 마당에 밤에 기침 소리와 발자국 소리가 나면 그것은 먹을 것을 가지고 오는 아버지거나 아버지의 심부름을 받은 사람이었다.

"쌀 받으슈."

하고 짐꾼이 턱 하고 짐을 내려놓는 소리에 우리들의 입은 벌어지고 가슴은 울렁거렸다. 아버지가 안 온 것이 섭섭하나 먹을 것만 온 것도 기뻤다. 밥이 이르거나 늦었거나 쌀이 생긴 때가 끼니때였다. 우리 세 어린것들은 부엌에서 어머니가 밥짓는 소리를 들으면서 맛있는 것을 먹을 생각에 기운이 나서 재잘댔다.

어느 설날 대목이었다. 밖에는 함박눈이 퍽퍽 내리고 우리는 과세는커녕 저녁밥도 굶어서 찬 방에서 사 모자가 올올 떨고 있었다.

"초시님 계시우?"

하고 두루막에 북두를 쩔끈 졸라맨 주막집 채인들이 하루종일 외상값을 받으러 왔다. 대문도 없는 우리 집이라 그들은 안방 앞에까지 들어와 돈을 내라고 하였다.

"아버지 안 계세요."

나는 일일이 이들을 응대하였다.

"초시님 언제 돌아오슈? 섣달 그믐이 되어두 외상값을 안 내시면 어떡헌단 말씀요. 작년 것도 밀린 것이 있는데."

빚받이는 이런 소리를 하였다. 우리 집에 무슨 돈이 있나, 우리 집에 돈을 받으러 오는 것이 망제지. 그보다도 우리 아버지에게 외상을 준 것이 잘못이다. 이런 생각을 하면서 나가는 빚쟁이 뒷모습을 바라보았다.

밤도 깊고 눈도 깊은 때에 마당에서 발자국 소리가 났다. '이크, 또 빚받이' 하고 귀를 기울일 때에,

"아버지다."

하고 어머니가 벌떡 일어났다. 십 칠팔 년 내외로 살아온 어머니는 눈을 밟는 발자국 소리에도 아버지를 알아내었다. 우리들은 벼락같이 문을 열어 젖혔다. 과연 아버지였다. 그리고 웬 짐꾼 하나였다.

"옛네, 눈 오는데 수고했네."

하고 아버지는 한 뼘이나 되는 돈 꾸러미를 짐꾼에게 주어 보냈다. 아버지는 눈을 털고는 끙끙하면서 짐을 방으로

들고 들어왔다. 우리들은 짐 가로 돌아 붙었다. 맨 밑에 흰 자루에는 쌀이, 쌀자루 위에 아이들 옷감, 댕기, 미역, 고기, 소금에 절인 숭어, 김, 곶감 이런 것들이 싸여져 있었다. 찹쌀도 두어 되 있었다. 얼만지 모를 작은 뭉텅이가 수두룩히 쏟아졌다. 얼른 보아도 제물인 것이 분명했다. 섣달 그믐날은 고조모님 제사도 있고 설날 새벽에는 다례도 있을 것이다. 떡이 없는 것이 섭섭하였으나 그런 불만을 말할 처지가 아니었다.

"이거 백 냥어치도 더 되겠어요."

어머니는 한 가지 한 가지 집어 옮겨 놓으면서 지난 고생은 일시에 잊은 듯, 얼굴에는 희색이 만면하였다.

나와 동생들도 다 마음을 턱 놓고 잠이 들었다. 그러다가 나는 언젠지 모르나 잠이 깨었다. 아버지는 어느 새에 새 옷을 갈아입고 행전을 치고 갓을 쓰고 초를 잡고 어머니는 부엌에서 무엇을 하는 소리가 들렸다. 나는 벌떡 일어났다. 내 머리맡에도, 누이의 머리맡에도 새 옷이 놓여 있었다. 어머니가 밤 동안에 이것을 만든 모양이었다. 어머니와 아버지는 제물을 차리기에 밤을 새운 것 같았다.

부엌으로부터 제물이 들어왔다. 제물이라야 산 사람의 간략한 밥상밖에 못 되었다. 매, 갱, 과, 포, 채, 모두 몇 가지가 안 되어서 커다란 제상에 벌려 놓은 것이 실로 적막하였다.

"아버지, 제상은 크게 만들 게 아니오."

내가 이런 소리를 하여서 아버지의 쓴웃음을 자아내었다. 내가 이렇게 우리 집의 쇠운을 느낄 때에는 여비 남복을 두고 날리는 집에서 자라난 아버지의 감개는 열 층이나 더하였을 것이다. 나는 우리 집이 빛나던 날을 몸소 보지는 못하였으나 어린 마음에 그 날이 무척 그립고 현재의 영락한 가세가 한없이 슬펐다. 그러나 이것이 불행히도 아버지와 어머니로서는 이 세상에서 지낸 마지막 다례요, 이 생에서 맞은 마지막 설이었다.

아버지가 그 동안에 어떤 모양으로 생활비를 벌었는지는 모르나, 그가 만인계를 따라다닌 것만은 안다. 만인계라는 것은 천자문 순서대로 하늘천자 일호에서부터 칠 호, 이끼야자 일호에서부터 칠 호까지 만 장의 표를 만들어 한 장에 석 냥씩에 팔고는 은행나무로 알을 만 개를 만들어서 거기 각 번호를 쓴 것을 통에다가 넣고 벌거벗은 사람이 뒤흔들어서 그 중에 하나씩을 통 꼭대기에 있는, 알 한 개 나올 만한 구멍으로 나오게 하여서 일등, 이등, 삼등을 뽑는 일종의 도박이다.

만 명이 석 냥씩이면 삼만 냥이니 이중에서 일등에 만

냥, 이등에 삼천 냥, 삼등에 천 냥 도합 일만 삼천 냥을 상금으로 주고, 나머지 일만 육천 냥 중에서 오천 냥을 감사와 원에게 뇌물로 바치고, 그리고 남는 만여 냥으로 비용을 쓰고 마지막에 남는 것을 허가 얻은 사람이 먹는 것이었다. 그때에 만 냥이라면 수백 석 거리전답을 장만할 만한 큰 재산이었다. 이 때 평안도에는 아마 수백의 만인계와 천인계가 허가되고 실행되어서 갑작 부자도 생기고 가산을 탕진한 사람도 생겼다.

이 만인계는 아버지와 같은 사람에게는 안성맞춤이었다. 아버지로서는 한 번 일어날 길은 만인계에서 일등을 타는 일이었다. 내가 알기에도 우리 동네에서 한 십리 밖에 사는 절뚝발이 백 과부의 아들이 만인계 일등을 타서 제가 머슴 살고 있던 기와집과 전장을 사고, 단박에 장가를 들었다. 아버지는 이 절뚝발이 과부만 못할 리가 없다고 만인계를 찾아 타관까지도 따라다닌 모양이었다.

한 번은 아버지가 또 짐꾼 하나를 앞세우고 개선 장군 모양으로 의기 양양하게 돌아왔다. 내 이름으로 표를 한 장산 것이 이등이 빠졌는데 계란에 유골로 쌍알이 빠져서 일천 오백 냥 밖에 못 탔다는 것이었다. 만일 쌍알만 안 빠지고 내 번호만 빠졌더라면 삼천 냥을 탈 것인데 분하다고 하였다. 저편의 알만 빠졌더라면 아버지는 한 푼도 못 탔으리라고는 생각지 않는 모양이었다.

"그런데 이상한 일이야. 도경이허구 쌍알 빠진 사람이 김소저라는 계집애란 말이야. 거 이상하지 않아."

"그래, 그 김소저라는 계집애는 어디 앤가요?"

어머니는 매우 흥미에 끌리는 모양이었다.

"앤지 어른인지 알 수가 있어?"

아버지는 싱겁게 웃었다.

"아니, 그것을 왜 안 알아보우, 우리 도경이와 나이가 상적하다면 통혼이라도 해볼 것 아니요?"

"그러니 그걸 무에라고 묻누."

아버지도 아까운 듯이 고개를 숙였다.

"어쩌면 그렇게 무심하시우? 웬만하면 궁금해서라도 알아볼 것 아니요? 만사가 다 그러시니 당신을 어떻게 믿고 살아요?"

어머니는 큰 기회를 놓친 것처럼 뽀로통하였다. 모처럼 들어오는 며느리를 내쫓은 것처럼 생각하는 모양이었다.

"인제는 도경이도 열 한 살이 아냐요? 남 같으면 장가들일 때가 아냐요? 당신도 벌써 나이가 육십을 바라보시면서 어쩌면 글쎄 며느리 구할 생각을 않으시오?"

어머니는 모처럼 아버지가 가지고 온 쌀이며 옷감이며 반찬거리도 다 귀찮다는 듯이 두 손으로 그 짐을 발치로 와

락 밀어버린다. 어머니 신이라고 사온 신발이 떼구르르 시렁 밑으로 구른다.

"다 때가 있겠지. 인연이 있고."

아버지는 이렇게 혼잣말로 중얼거리고 한숨을 쉬었다.

아버지는 이 모양으로 부지런히 만인계를 따라다닌 모양이나 다시는 이등 쌍알은커녕 삼등 쌍알도 나왔다는 말은 못 들었다.


아버지가 돌아가기 한 반년쯤 전일까, 아버지는 또 의기양양하게 짐꾼을 앞세우고 집에 돌아왔다. 나는 무슨 좋은 일이 있나 눈치를 엿보았지만, 어머니는 이제 아버지에 대해 아무 소망도 없는 모양이었다. 아버지는 봇짐을 풀어서 그 속에서 종이 한 뭉텅이를 내 앞에 내놓았다. 그것은 만인계를 표한 책이었다. 이것을 열 장을 팔면, 한 장이나 또는 석 냥이 파는 사람의 구문이 되고, 그 중에서 알이 나오면 상금의 십분 지 일을 파는 사람이 먹게되는 것이었다. 그런데 그 표를 보다가 아버지의 이름을 발견하였다.

"아버지가 만인계 사장이요?"

나는 한껏 놀라고 한껏 기뻐하면서 물었다. 아버지는 빙그레 웃으며 끄덕끄덕하였다. 나는 부엌으로 가서 아버지가 만인계 사장이 되었다고 알렸다. 그러나 어머니는 아궁

이로 내는 연기에 눈물을 흘리면서,

"으응."

하고 대단치 않게 대답했다. 어머니는 만인계 사장이 무엇인지도 모르려니와 아버지가 된 것이라면 대수롭지 못할 것이라고 생각하는 모양이었다.

이날 밤에는 우리 식구들이 여러 가지로 독장사구구를 하였다. 계표 만 장이 다 팔리기만 하면 모두 삼만 냥이라, 일만 삼천 냥이 상금으로 나가니 일만 칠천 냥이 남고, 세금이라 칭하는 뇌물을 빼면 일만 냥이 남아라, 아버지는 사장이니까 적어도 육천 냥은 돌아올 것이요, 게다가 내나 내 동생들 이름으로 한 장씩 사서 일등, 이등, 삼등 다는 못 나와서 일등 하나만 나와도 만 냥이니 아버지 몫 합하면 일만 육천 냥이라. 그러면 어머니의 평생 소원인 밭을 하루갈이 뿐이랴, 열흘갈이도 더 사고 논도 사고, 산도 사고, 좋은 집도 새로 짓고 그리 되면 딸 가진 사람들이 다투어서 나를 사위로 삼을 것이요, 우리는 밤이 이슥하도록 이러한 토론을 하고 계획을 하고 아주 부자가 다 된 셈하고 자리에 들었다.

"도경이 너 무슨 꿈꾼 것 없니?"

아버지는 이런 말을 물었다. 만인계에는 꿈이 필요하다. 꿈을 보아서 그것을 풀어서 어느 자(字) 어느 호(號)를 사는 것이었다.

"나는 지붕에 올라갔다가 훌훌 나는 꿈을 꾸었어."

나는 이렇게 대답하였다.

"됐다. 그러면 새 조(鳥) 자나 새 봉(鳳) 자를 사자."

아버지는 매우 만족한 모양이었다.

"새 봉 자 일호 박 도경이"

하고 사장인 아버지가 꼬챙이에 뽑힌 알을 꿰어들고 겹겹이 돌아선 사람에게 돌려 보이는 모양이 내 눈에 선하다.

이로부터 며칠 동안은 우리 집에 꽃이 핀 것 같았다. 우리는 어서어서 오월 초하룻날이 돌아오기를 기다렸다. 이날은 아버지가 사장이 된 만인계가 알을 뽑는 날(출통일)이었다.

그러나 박복한 사람의 일은 언제나 박복하였다. 출통일을 며칠 앞두고 만인계 금지령이 내려서 아버지의 경영이 수포로 돌아갔을 뿐 아니라, 그것을 허가 내노라고 뇌물로 준 오륙 천 냥의 돈과 종이 값, 사무비는 물론이요, 이를 믿고 허비한 돈이 날아갔다. 게다가 망신이 여간 망신이 아니었다. 본디 뱃심이 없는 아버지에게는 그 타격은 거의 치명적이었다. 집에 돌아오는 길로 아버지는 한 십여 일간 몸살을 앓았다. 변두통이 난다고 해서 동이에다가 솔잎을 쪄서 그 솔잎을 엎질러버리고 뜨끈뜨끈한 채로 그 동이를 머리에 썼다. 이렇게 동이를 쓰고 우두커니 앉은 양을 남이 보았더라면 웃었을 것이다. 하지만 아버지는 이것을 몇 동이 계속 반복하여서 쫙 땀을 흘리고는 거뜬하다고 하고 누워서 처음으로 잠이 들었다. 이것이 어디서 나온 방문인지 나는 모른다.

앓고 일어난 아버지는 더욱 말이 아니었다. 눈이 쑥 들어가고 볼은 더욱 쪼그라지고 어성도 옆에서 들릴락 말락 약하였다. 그러나 아버지는 차차 밥도 자시고 일어나서 다니게도 되었다. 그러나 마음은 회복이 안 되는 모양이었다. 아버지는 이 일로 자기의 운명을 단념하는 것 같았다. 오십이 넘어서 육십을 바라보도록 인생의 길을 걸어오는 동안에 아버지의 모든 것이 실패였다. 그래서 아버지가 이번 병에서 살아난 것도 마치 고생의 미진한 분량을 철저하게 채우기 위한 벌인 것 같았다.

어느 날 내가 밖에서 들어오니까 아버지는 꿇어앉아 칼로 목을 겨누고 있었다. 그 칼은 어린 누이동생이 나물 캐러 가지고 갔다 온 식칼이었다. 나는 으아 하고 울음이 터지면서 아버지 팔에 매달려서 그 칼을 빼앗았다.

아버지는 순순히 내게 칼을 빼앗겼으나 그 얼굴은 마치 정신없는 사람의 것과 같았다. 나는 그 칼을 마당에 휙 집어 던졌다가 그것도 안심이 안되어 산에다가 묻어버리고 말았다. 그리고 집에 돌아와 보니 아버지는 갓을 쓰고 나갈 준비를 하고 있었다. 어머니와 무슨 말이 오고 갔는지는 모르거니와 아버지는 다시는 집에 안 돌아올 결심으로 나가려는 것과 같이 생각되었다. 그래서 나는 매어 달리고 울고 하여 아버지의 갓을 벗기고 두루마기를 벗겼다.

이 때에 마침 쌀 짐이 들어왔다. 애꾸눈이 노서방이 지고 온 것이었다. 쌀이 두 말 턱은 되고 닭이 암탉 하나 수탉 하나, 그리고 찹쌀과 팥과 참깨가 한 주머니씩이었다. 애꾸눈이 노서방은 내 사촌 누이 시집 작인이었다. 누이는 명절 때면 노서방을 시켜 이런 것을 우리 집에 보내는 일이 전에도 있었다. 그 누이는 나보다 이십 년이나 나이가 위였고 욕심꾸러기 부잣집의 며느리였다. 그는 친동기가 없고 오라비라고 나 하나밖에 없기 때문에 나를 끔찍스럽게 소중하게 여겼다. 이것은 아마 시부모의 눈을 속여서 훔쳐내는 것이요, 노서방은 우리 집에 이런 심부름을 하는 유일한 심복이었다.

아버지는 노서방에게 인사를 하고,

"이번 보낸 것은 받지만 다시 보내지 말라고 그러게."

하고 일렀다. 내 생각에도 이것은 면목없는 일이었지만 오늘 만일 이것이 안 왔더라면 어떻게 할 뻔했나 싶어 누이가 불현듯 보고 싶었다.

# 4. 넷째 이야기

내가 맨 처음 음양의 이치를 알게 된 것이 언제부터인지를 기억하지 못하나, 농촌에서 자라 짐승들의 배우하는 것을 볼 기회는 많았다. 소, 말, 당나귀가 흘레하는 것을 젊은 사람들이랑 아이들이랑 구경하던 것도 분명히 기억된다. 그런 경우에는 멋들어지고 말솜씨 있는 패들이 마치 우리 애송이들에게 강의하듯이 음탕한 소리를 음탕한 음성으로 음탕한 몸짓으로 지껄이는 것이었다. 또 여름 장마 때나 추운 겨울날 한 방에 모여서도 그런 음탕한 이야기를 들었고, 그렇게 남녀 생활에 호기심을 가지게 되었다.

내 동무 중에 몽급이라는 아이가 있었다. 그는 나와 동갑이지마는 아는 것이 많았다. 그는 얼굴이 이쁘장하고 눈이

실눈인데다가 웃을 때에는 눈이 온통 웃음에 묻혀버리고
말았다. 나불나불 말을 잘하고 무엇을 훔쳐내는 데도 재주
가 있었다. 나는 그를 일변 꺼리면서도 웬일인지 그와 같이
노는 때가 많았다. 늘 재미있는 계획을 가지고 와서 나는
그것이 나쁜 일인지 알면서도 안 끌려가지 못하였다. 나는
마음이 약하여 남의 말을 거절 못하는 성미가 어려서부터
있었다. 이것이 많은 불행의 원인이 되었다. 업보다.

아마 열 살 적인가. 하루는 몽급이 집에 끌려가서 막걸리
에 밥을 말아서 둘이 나누어 먹었다. 이 술은 아마 몽급이
네 제삿술인 모양이었다. 나는 처음으로 술을 먹어서 얼마
아니하여 어릿어릿 취하여 옴을 느꼈으나 몽급이는 말짱하
였다. 우리는 그래서 한 잔씩을 더 훔쳐먹고 몽급의 집에서
나왔다. 나는 얼굴이 우럭우럭하였다.

우리는 쏜살같이 운걸네 밤나무 판으로 가서 아직 아귀
도 안 튼 밤을 막 까서 바지 가랑이가 땅에 닿도록 넣었다.
막 거기를 떠나려 할 적에 운걸이 아버지가 쫓아왔다.

“이 놈들 밤 따지 말아라!”

우리는 쥐 모양으로 언덕 밑으로 달아났다. 운걸이 아버
지는 뚱뚱보요 늙은이여서 우리를 쫓아오지는 못했다. 우
리는 휘파람을 불며 천주산 기슭 으슥한 골짜기 사래밭을
찾아갔다. 그곳에서 마른 나뭇가지를 주워다가 불을 피우

고 밤을 구워서 먹어가며 이야기를 시작하였다. 이때, 나는 몽급에게서 음양에 관한 자세한 강의를 들었다. 나는 그때까지 사람은 짐승들과는 달라서 그런 절차로 아이를 낳는 것이 아니라고 믿고 있었다.

"사람도 그러나?"

하고 내가 의아하여 하는 말에 몽급이는 참 기가 막힌다는 듯이 허리가 끊어지도록 한바탕 웃고 나서,

"이 바보야, 내 말이 거짓말인 줄 알아? 내 말을 안 믿거든 오늘 저녁 우리 집에 가서 나하고 자. 그러면 우리 아버지하구 어머니하고 자는 것을 보여줄게."

하고 단언하였다. 나는 몽급의 말대로 그 날 밤 몽급이네 집에 가 잤다. 그리고 몽급이가 약속한 것을 보았다. 나는 안 볼 것을 보았다고 생각하였다. 거기 대하여서 일종의 흥미를 느끼면서도 진저리 치도록 불쾌하였다.

우리 집 뒷집의 바깥채에는 서인 마누라가 살았다. 그는 아버지보다도 나이 십 년이 더 위요 얼굴이 쪼글쪼글한 노파였으나 키가 후리후리하고 턱에는 사자볼이 축 늘어지고 매우 풍신이 좋았다. 이상한 것은 대감님이라는 별명을 가진 영감쟁이였다. 그는 아마 칠십은 되었을 것이다. 이는 위에 두엇 아래 두엇 내놓고는 오므람이요, 머리도 다 빠져

서 상투라야 서너 오라기 센 터럭을 어찌어찌 비끄러맨 명색만이 상투연마는 겨울에는 땔나무를 젊은 사람 볼 쥐어지르게 하고 게다가 본래 바닷가에 살던 사람이라 고기잡이에 익숙해서 얼음이 얼어붙은 삼동설한에라도 조개, 숭어, 낙지 등을 잡아오기가 일쑤여서 밥상에 생선이 떨어지는 때가 없었다.

서인 마누라는 이 영감 덕에 땔나무와 반찬 걱정이 없었건마는, 언제나 이 영감을 구박하여서 어서 집으로 가라고 호령하였다. 그래도 이 늙은이는 오므람이 입으로 싱글벙글하면서 그 집을 떠나지 않았다. 나는 몽급에게서 남녀의 관계를 설명들은 때부터는 이 두 늙은이를 이해하게 되었다.

나는 이렇게 열 살 미만에 음양에 관한 지식을 얻어서 혼자 속으로 이상하게도 생각하고 우습게도 생각하면서 나 자신이 여자에게 마음이 끌린 경험을 얻기는 열 다섯 살 적이 처음이었다.

그것은 아버지 어머니도 다 돌아가고 내 한 몸이 이리저리 구르다가 일본 동경으로 공부를 가게 되었으나 학비가 없어서 이태만에 고향으로 떠들어온 이듬해 정월 대보름에 생긴 일이었다.[3] 아다시피 집이 없는 나는 이 집 저 집 일가

______________

3) 춘원은 1904년 일진회로부터 장학금을 받아 일본유학을 떠났다. 그

를 찾아 돌아다녔다. 처음은 오래간만이라고 나를 반갑게 맞아 주지마는 거지와 다름없는 나를 여러 날 묵히기를 좋아하는 집이 있을 리가 없었다. 더구나 머리를 깎고 양복을 입은 나는 그때에는 큰 이단자여서 안방에 들이기도 사위스럽게 또는 징그럽게 생각하는 모양이었다. 내 깐에는 잘난가 싶고, 장차 대신의 지위에도 오를 것이라고 뽐내지마는 사람들은 그렇게 보아주지를 않았을 것이다. 기껏 호의를 가진 사람이라야 나를 박복한 고아로 불쌍히 여겼을 것이요, 그러니 나를 집에 들이기에는 상서롭지 못한 물건으로 알았을 것이다.

이렇게 남의 사랑을 받을 자격이 없는 청승꾸러기면 고독 속에 가만히 있었으면 좋으련마는 세상에 나를 달가워하는 사람이 없을수록에 나는 더욱 사랑을 갈망하였다. 게다가 나는 돈보다도 지위나 명성보다도 누구의 사랑을 구하는 성품이다. 나를 만져 주는 따뜻하고 부드러운 손이 없이는 살 수 없을 것같이 생각하는 가여운 업보를 타고 난 중생이다. 사랑을 구하면서 사랑을 못 받는 것은 배고픈 일이었다. 헐벗은 일이었다.

일본서 초겨울에 고향으로 돌아온 나는 따뜻한 손을 찾

---

러나, 15세 때인 1906년 12월, 일진회의 내분으로 학비가 중단되어 일시 귀국하였다가 이듬해 2월 다시 도일하였다.

아서 겨우내 헤매었으나, 그러한 것은 아무데도 없었다. 그러는 동안에 해가 바뀌고 나는 외가에서 지내게 되었다. 외가라야 외조모도 없고 내 형들도 다 죽어버리고 홀형수가 아이들을 데리고 살아가는 쓸쓸한 외가였다. 그 형수라는 것은 어머니와 나와 뽕 따러 갔을 때에 소리치고 따라 나오던 이다. 그도 과부가 된 것이었다.

"보름이나 쇠서 가시우."

오래 있기가 미안해서 떠나려는 나를 형수는 이렇게 붙잡아 주었다. 그것이 퍽이나 고마웠다.

이 집에는 내 외사촌의 딸이 셋이 있었다. 둘은 내 나이요, 하나는 나보다 어렸다. 그러고는 하늘 천 따지를 배우는 아들 하나가 있었는데 이 네 아이들이 나를 환영하였다. 아마 내 이야기에 반한 모양이었다.

열 사흘날인가 열 나흘날인가 어느 밤에 이 집에는 동네 처녀들이 오륙 인이나 모여와서 놀았다. 사내청, 계집애청이 다르니 나는 거기 섞여서 놀 자격이 없는데 기어코 나를 저의 청에 넣어주었다. 계집애들이라야 나와 나이가 비슷했지만, 시집갈 나이들이 되어 장난 동무로 할 계제는 못 되었다.

처음으로 우리가 놀기를 시작한 것은 술래잡기였다. 우리들은 서로 손을 잡고 둥그렇게 둘러서서 원을 만들고, 한 아이는 도적놈이 되고 한 아이는 눈을 싸매고 술래가 된다.
도적놈은 안 잡히려고 우리들의 등뒤로 돌기도 하고, 우리
들의 팔 밑으로 들어오기도 하고 우리들의 몸 그늘에 숨기
도 한다. 그러면 눈 싸맨 술래는 두 팔을 벌리고 이것을 잡
으려고 따라다닌다. 그러는 동안에 우리들은

“어디 장차?”

하고 한 사람이 부르면 다음 사람이,

“전라도 장차.”

하고 그 다음 사람이,

“어느 문으로?”

하면 또 다음 사람이,

“동대문으로.”

하면서 다음 사람의 손을 잡은 채로 팔을 번쩍 들어주면
쫓기던 도적놈이 이 문으로 들어가고, 그러면 술래가 그를
잡지를 못한다.

문을 열어 준 사람이 다시,

“어디 장차?”

를 시작하여서 다시 아까 모양으로 계속이 되는데 이번
에 ‘동대문으로’ 할 때에는 안에 피난하였던 도적놈이 그
문으로 순라군에게 잡힐 위험을 무릅쓰고 둘레 밖으로 나
가서, 다음 번 문이 열릴 때까지 둘레 밖에서 재주껏 안 잡

히도록 피해야 된다. 이러다가 도적놈이 둘러선 어떤 사람의 허리를 안고 피해있는 동안에 공교히 순라에게 잡히면 순라는 제 눈을 가리웠던 수건으로 도적의 눈을 싸매어 순라를 만들고 도적에게 허리를 안겼던 사람이 제자리를 고만 둔 순라에게 사양하고 도적놈이 되어야 한다. 이 모양으로 이 놀음은 끝이 없이 계속된다. 달이 높이 올라와서 우리들의 그림자가 짧아질수록 우리들의 흥이 높아진다. 리듬도 더욱 세련되어 진다.

나는 처음에는 계집애들 틈에 혼자 낀 것이 열쩍었으나, 차차 유쾌하였다. 달빛에 보는 명절 차림의 계집애들은 다 어여뻤다. 어느 한 아이에게나 한 가지 어여쁜 데는 다 있었다. 술래는 눈을 싸매었기 때문에 앞을 못 보아서 내 어깨를 도적놈의 어깨로 알고 치는 일도 있고, 팔로 더듬어서 도적으로 알고 내 허리를 안으려다가 난 줄 알고 깜짝 놀라 달아나는 일도 있었다. 그러나 내 조카들이 도적놈이나 순라가 되었을 때에는 예사롭게 내게 매어 달렸다. 내가 순라가 되었을 때는 눈을 싸매었으니 남의 집 처녀와 몸을 부딪치기도 하고 내 손으로 그의 등이나 어깨를 치기도 하고 그의 허리에 내 팔을 감기도 하였다. 그런 경우에는 부끄러우면서도 유쾌하였다. 나는 이런 자유를 실컷 향락하려는 마음이 났다. 부러 한다고 눈치 안 채일 만큼 나는 자유롭게 아무나 붙들었다. 내게 붙들린 것이 조카가 아니라 낯선 다른 처녀일 때는 일동이 모두 와 하고 웃었다.

점점 계집애들도 내게 대하여서 허물없이 자유로운 태도를 취하였다. 그 중 실단이라는 계집애는 처음에는 그 갸름한 맑은 눈으로 나를 슬쩍 보고는 피하더니 얼마 아니하여서 내 조카들과 다름없이 내게 대하여 자유로운 태도를 취하였다. 그는 얼굴빛이 볕에 그을린 것처럼 거무스름하였으나, 그 거무스름한 것이 더욱 아름답게 보일 만큼 얼굴 윤곽이며 몸매가 고왔다. 둥그스름한 판에다가 코하며, 입하며, 눈하며 그 모양이나 위치나 비례나 다 어여뻤고 더구나 그의 까만 머리채는 거진 발뒤꿈치에 닿을 만하여서 그가 뛸 때면 은국화 판에 석웅황 단 댕기를 들인 머리채가 달그락달그락 소리를 내며 꿈틀거렸다. 그 처녀의 아름다움은 내 눈에는 남김없이 다 핀 것 같았다. 그는 꺄득거리는 패는 아니요, 도리어 조용한 편이었다. 음성은 좀 약하였으나 소리청은 고왔다.

나는 실단에게 강하게 마음이 끌리는 것을 억제할 수가 없었다. 나는 그가 내 몸 가까이 뛰어올 때면 내 몸이 그에게로 쏠림을 느꼈다. 그가 내 허리를 반쯤 안고 뒤에 와서 붙을 때에는 일부러 무관한 채 힘을 써야만 내 마음의 평정을 보전할 지경이었다. 그러나 실단이가 너무도 허물없이 내게 매달리는 것이 내게 무관심한 듯 생각되었다. 그는 사내에 대하여서 전혀 무관심한 것 같았다. 그러나 나는 그가 내가 느끼는 간절한 사모의 정을 느껴 주었으면 하였다. 몽급에게서 배운 남녀의 정밖에 모르던 내가 몽상도 못하던 이러한 사랑을 느낀 것은 이날 밤, 실단에게 대하여서가 맨 처음이었다.

이 때 형수가 불러 우리는 방으로 들어가 빙 둘러앉았다. 계집애들은 마치 처음 만나는 스스러운 남자 앞에 있는 모양으로 고개들을 고부슴하고 치마폭으로 무릎과 발을 감추고 점잖게 앉아 있었다. 형수가 내 주는 것을 먹고 나서 우리는 윷판을 차렸다. 먼저 편을 가르면서 나를 어느 편에 넣을까가 문제가 되었다. 실단은 그 갸름한 눈으로 나를 보고 방글방글 웃고 있었다. 나는 그와 한편이 되고 싶었으나 혐의쩍어서 그런 의사 표시는 못하였다. 결국 실단이와는 적이 되어 하게 되었다. 나는 그 중에서 윷을 잘 노는 편이어서 얼마 아니하여서 내 인기가 높이 올랐다. 옆에서 실단이가 칭찬하는 눈으로, 또는 마음 졸이는 눈으로 보고 있다는 생각이 내 실력을 갑절이나 높여 주는 것 같았다.

실단이하고 나하고 마주 겨룰 때가 내게 가장 행복된 순간인 것은 말할 것도 없었다. 그는 잘 노는 윷은 아니나 그의 생김생김과 같이 어여쁘게 얌전하게 놀았다. 그의 소복이 부은 듯한 조그마한 손은 대단히 민첩하게 움직였다. 나는 실단이에게 지고 싶어 여러 가지 꾀를 내어 윷을 놀았다. 마침내 예정한 대로 실단에게 졌다.

"흥!"

하고 말괄량이 기운이 많은 내 큰조카가 빈정대는 코웃음을 한다.

"다 알아. 아저씨가 부러 졌어."

하고 나와 실단을 흘겨본다. 실단은 고개를 숙여버린다. 그들은 다 눈치를 챘던 것이다.

이번에 큰조카와 나의 차례가 되었다.

"이번에도 부러 질 테유?"

"그렇게 마음대로 이기려면 이기고 지려면 지나."

하고 나는 기운을 내려는 듯이 도사리고 앉았다. 하지만 이번에도 지고 싶었다. 그래야만 실단에 대한 의혹을 풀 수 있을 것 같았다. 그러나 큰조카의 솜씨는 아주 좋았다. 다른 아이들은 큰조카를 응원했다만, 오직 실단이가 두 주먹을 쥐고 오마조마해서 마음을 졸이다가 아랫입술을 꼭 무는 것을 놓치지 않고 보았다. 형세는 조카에게 유리하였다. 원래는 질 작정이었지만 형세가 이렇게 되면 승벽이 안 날 수 없다.

'세 모 도, 세 모 도.'

하고 나는 입 속으로 외면서 좌중을 한 번 둘러보았다.
나는 실단이가 나보다 간절하게 '세 모 도'를 빌어주는 것
이라고 믿었다. 그리고 이것이 내 운명, 즉 나와 실단과의
운명을 결정하는 것 같았다. 점치는 것처럼 말이다. 나는
전심력을 다하여 윷가락을 던졌다. 연이어 모가 나왔다. 한
모, 두 모……

'내가 이제 한 모만 더하면 실단이는 분명히 나를 사랑한
다!'

나는 이렇게 꼭 믿고 윷가락을 던졌다.

"모다! 세 모, 세 모!"

하는 소리가 내 귀에 들렸다. 나는 영웅이 된 것 같았다.
이 방안에 있는 모든 사람이 다 나를 우러러 보았다. 실단
이도 체면을 불구하고 눈을 크게 떠서 실컷 나를 바라보고
있었다. 약간 젖은 빛을 띠었고 살눈썹이 분명하고 길었다.
무심코 턱을 쳐들고 쳐다보는 그의 모양에는 새로운 어여
쁨이 있었다.

"너희들은 암만해도 아저씨를 못 당하겠다. 모가 마음대
로 나는 걸 어떻게 당하니?"

언제 들어왔는지 형수가 등뒤에서 이렇게 말하며,

"자 다들 식혜나 먹지."

하였다. 식혜를 먹으면서 계집애들은 나를 윷판에서 몰

아내기로 결의를 하였다. 하지만 나를 몰아내인 윷판은 평화는 하였을는지 몰라도 활기는 없었다. 이제 다들 흥미가 없는 모양이었다. 하나 둘 애들도 가고 그 중 집이 멀어서 혼자서는 갈 수 없는 실단이만 남았다. 형수는 노마 할머니가 어디 가고 없으니 날더러 실단을 데려다 주라고 했다. 나는 형언할 수 없는 기쁨을 가지고 실단이를 데리고 나섰다. 보름달이 낮이 되었으니 야반이다. 언 눈을 밟는 우리 둘의 발자국 소리가 삐드득하고 바람 한 점 없는 밤의 고요함을 깨뜨렸다.

실단이는 내게서 두어 걸음 앞을 팔짱을 끼고 종종걸음으로 뛰었다. 내가 뒤에 바싹 따르는 것을 꺼리는 듯한 빠른 걸음이었다. 나는 들먹들먹한 그의 머리와 어깨를, 복잡한 선을 그려서 꿈틀거리는 그의 머리채를, 펄럭펄럭하는 치맛자락 밑으로 들었다 놓았다하는 그의 하얀 버선 신은 발을 어린 듯한 눈으로 보면서 뒤를 따랐다. 실단이는 뒤도 안 돌아보고 종종종종 더욱 빨리 걸었다. 그의 걸음이 빠르면 내 걸음도 빠르고 그가 걸음을 늦추면 나도 늦추었다. 그러면서도 무슨 무서운 일이 하나 생겨서 내가 용기를 내어 실단이를 보호하는 큰 공을 세울 기회가 있기를 바랐으나, 내려가는 길이 될 때까지 아무 일도 일어나지 않았다.

이 때였다. 실단이는 무엇에 놀랐는지 우뚝 서더니 서너 걸음 나를 향하여서 종종걸음으로 뛰어와서 내 어깨에 두 손을 걸고 매달릴 듯하다가 그까지는 차마 못하는 듯이 두 손을 내 가슴에 대고 전신을 내 품에 꼭 붙여 버렸다. 실단의 가슴이 닿은 내 가슴과 그 등에 얹은 내 손은 그의 자주 뛰는 심장의 고동을 하나하나 분명히 느낄 수가 있었다.

"왜, 어디서 무슨 소리가 들리우?"

나는 이렇게 물으며 귀를 기울였다. 내 코에는 실단의 머리 냄새가 향기롭게 들어왔다.

"저 소리, 저 소리!"

하고 실단이는 마치 내 가슴을 파고들려는 듯이 착 달라붙는다. 그의 여성의 본능인 겁과 의심이 염치를 잊어버리고 오직 하나인 남성에게 그의 위험을 피하려는 것이었다. 나는 평생에 처음으로 느끼는 이성에 대한 불붙는 듯하는 애정에 정신이 황홀하여져서 허둥지둥 아무 것도 분간할 수가 없었다. 그 때 소름이 쪽 끼치는 소리가 정신 없는 내 귀에도 들어왔다. 필경 짐승에게 잡혀 먹히는 무슨 짐승의 소리 같았다. 우리는 숨소리를 죽이고 다음 소리를 기다렸으나 다시는 아무 것도 들리지 않았다. 소리가 다시 안 들리니 더욱 무서웠다. 실단이도 그런 모양이어서 잠깐 얼굴을 내 가슴에서 떼어서 힐끗 좌우를 살펴보고는 도로 내 가슴에 파묻어 버렸다. 그의 따뜻한 입김이 내 외투와 양복을 뚫고 내 가슴에 들어왔다.

이 동안이 얼마나 길었을까. 한 이삼 분밖에는 안 되는 것도 같고 여러 시간이 지난 것도 같았다. 콩콩하고 개 짖는 소리가 들렸다. 이것이 실단네 집 개 소리였던 모양이다. 실단이는 내 가슴에 파묻었던 고개를 번쩍 들어 나를 쳐다보고 한 번 상긋 웃고는 몸을 내 몸에서 떼어 종종걸음을 치기 시작하였다. 나는 다행도 하고 서운도 한 마음으로 그의 뒤를 따랐다.

수풀 그늘을 다 지나서 달빛이 환한 곳에 나설 때에 실단은 뒤를 돌아보면서,

"인제 괜찮아요. 저기 우리 집 불이 보이지 않아요. 자 인제 돌아가세요. 너무 늦으면 사람들이 이상하게 알지 않아요?"

하고는 살랑살랑 박달음질을 쳐서 달빛 속에 녹아버리고 만다.

나는 섰던 자리에 멀거니 서서 실단의 뒷모양을 보았다. 나는 꿈꾸던 사람 같았다. 지금까지 있던 일은 모두 꿈이던가. 내 가슴에 안겼던 실단이도 꿈속 사람이던가. 그렇지 않으면 지금 내가 여기 서 있는 것도 꿈이었던가.

나는 외가에 돌아와 그 날 밤을 거의 뜬눈으로 새우다가 다 밝게야 잠이 들었다. 다음 날 점심을 먹고 내가 막 길을

떠나려고 할 때에 실단이 어머니가 왔다. 그는 물론 내가 모르는 이는 아니다. 어려서도 내가 외가를 오면 가끔 보던 이지마는 한 사오 년간은 만난 일이 없었다.

"아주 몰라보게 어른이 되셨구려."

하고 존칭하는 말을 썼다. 내 형수들말고 어른들한테 이런 대접을 받아 본 일이 없는 나는 '되셨구려' 하는 말이 간지럽기도 하고 부끄럽기도 했다. 실단 어머니는 얼굴일지 목소릴지 실단이와 꼭 같았다. 그는 귀애하는 중에도 어려워하는 빛을 띠면서 무릎 위에 놓인 내 손을 한 번 만져 보면서,

"어제 저녁에는 실단이를 바래다 주셨다는데 왜 집에 들어오셔서 몸이나 녹혀 가시지 않고. 그런 데가 어디 있어요?"

실단 어머니 말은 부드럽고 인정이 그득 차고도 음악적이었다. 그의 몸에는 명주도 비단도 없이 모두 상목이었으나 몸매와 바느질이 모두 좋음인지 퍽 모양이 있었다. 얼굴도 아마 분세수를 한 모양이요, 손도 일하는 사람 같지 않았다. 일언이 폐지하면 어여쁘고 얌전하고 상냥스러운 젊은 부인이었다.

"댁허구 우리 집허구는 남이 아니랍니다. 도련님 전 어머님께서 내게 당고모님이 되신답니다. 그러니깐 촌수를 따

지면 도련님이 내게는 육촌 오라버니시지.”

하고 실단 어머니는 형수만을 향하여서 하는 말로,

“그러니, 이 도련님 어머니 그 아주머니 생존시에야 내가 그런 말씀을 할 수 있어요? 그래서 나 혼자만 속으로 저 어른이 우리 당고모님 대신이시거니 이렇게 생각하고 있었지요. 그래도 이 도련님 아버지께서는 지나실 길이면 우리 집에 가끔 들르셨답니다. 본래 인자하신 어른이니 옛일을 잊으실 리가 있어요?”

“그러믄요. 우리 돌고지 아저씨야 참 인자하셨지.”

하며 형수도 아버지 칭찬을 하였다. 실단 어머니는 이런 말끝에 나와 형수, 조카들을 오늘 저녁에 자기 집에 부른다는 말을 하고 돌아갔다. 그러니까 나는 이 날 외가를 떠나지 못하게 되었다. 다 저녁에 실단이가 우리를 청하러 왔다. 나와 두 조카딸들은 실단을 따라 나섰다.


실단의 집에는 실단이 할아버지 내외가 있고, 증조 할아버지가 있고, 총각 삼촌, 실단의 어린 남동생이 있었다. 이 집에 와서 느낀 것은 쇠하여 가는 적막한 집이라는 것이었다. 얼른 보면 흥성흥성한 큰 농가지마는 그 속에 사는 사람들이 모두 말이 적고 움직임이 적었다. 마치 벙어리들끼리 모여 사는 집 같았다.

"왜 이럴까?"

하고 나는 두리번두리번 둘러보았다. 구석구석이 티끌하나 없이 모두 깨끗한 품이 꼭 절간 같았다. 더욱이 이 집이 동네에서는 뚝 떨어져서 외따로 있기 때문에 그런 듯도 싶었다. 어떻게 조용한 집인지 닭들도 조용히 홰에 오르고 고양이도 소리 없이 살랑살랑 다녔다.

윷판이 벌어졌으나 말괄량이 큰조카도 새졸랑이를 내지 않았다. 다만 실단 어머니의 잠시도 쉬지 않는 은근한 접대만이 우리에게 정다움과 고마움을 주었다. 그는 내게 대해서는 끔찍해서 그가 권하는 것이면 거절할 길이 없었다. 실단 아버지도 이십 년이나 나이가 틀리는 나를 점잖은 손님과 같이 공손하게 대우하였고, 비록 말은 많이 하지 않았으나 심히 은근한 정을 보였다. 그는 손을 보면 농군이지만 얼굴과 몸가짐은 선비였다. 더구나 그가 말하는 것은 다 유식하고 점잖고 예절다워서 학자님 풍이 있었다. 이것은 나중에 안 일이거니와 그도 이십이 넘도록 성리학 공부를 하였다고 한다. 나는 그가 해주는 자기 집 내력을 듣고 무척 이 집에 대하여 존경하는 마음이 생겼다. 나도 내 집에 대하여 상당히 자존심이 있었으나, 실단 아버지의 말을 듣고 이 집이 내 집보다 격이 높다고 생각하였다. 그런데 왜 이 집이 물같이 맑으면서도 적막한 기운 뿐이요 번화한 기상이 없을까 하는 것이 의문이었다.

"언제 또 일본을 가나?"

하고 실단 아버지가 물을 때에 나는,

"한 달 안으로 떠나겠어요."

하고 대답을 하였으나, 아직 학비가 어찌 될는지 몰랐다.

"공부를 중도에 폐해서야 쓰나. 아무리 하여서라도 공부를 마치어서 자네네 집을 다시 일으켜야지. 자네네 집이야말로 우리네와 달라서 구가요 대가가 아닌가. 용이 되다가 못되면 강길이가 된다는 겐데 용이 되면 천하에 은덕을 베풀지만 강길이란 세상에 화근이 되어서 벼락을 맞아 죽는다는 것 아닌가. 자네야 용이 되어야지. 그러니까 어서 하던 공부를 마치게."

실단 아버지의 말은 마디마디 내 폐부를 찔렀다. 그러나 실단이 어머니와 실단이들과만 앉아서 이야기할 때에 무한히 즐거웠다. 평생에 고독한 한을 이날에 실컷 푸는 것만 같아서 언제까지나 이런 시간이 계속되었으면 하였다.

"수명이 아저씨 생일이 요새 아니요?"

수명이란 내 형수의 아들이다. 실단 어머니는 생각한 끝에 나를 수명이 아저씨라고 부른 것이었다. 나는 깜짝 놀라,

"내 생일이 요새인지 어떻게 아세요?"

하고 물었다.

"수명이 아저씨 나신 것이 요새이던 것 같아서요."

나는 놀란 김에 내 생일을 바로 말하였다. 그것은 정월 그믐이었다.

"그럼, 생일날을 금년에는 우리 집에서 채립시다. 아무것도 없지마는 국이나 끓이고 나물이나 하고."

나는 이 말에 고개를 숙였다. 고마움도 고마움이려니와 부모가 돌아간 뒤로 사오 년간 나는 생일을 차려 먹은 일이 없었다. 내 눈에서는 눈물이 쏟아졌다. 나는 한참이나 눈물을 떨구다가 코를 푸는 듯 눈물을 씻고,

"네, 그럼 그 날 오겠어요."

하고 떨리는 소리로 그 후의를 받았다. 그리고 염치 없이도 약속한 대로 생일날에 실단의 집에 와서 밥을 먹었다. 닭을 잡고 떡까지 하고 생선을 굽고 어머니 생전에도 그런 일이 없을 만큼 풍부하게 차린 것이었다. 실단이도 인제는 낯이 익어서 덜 스스러웠다.

"언제 일본 가우?"

실단이는 나와 단둘이만 있는 틈에 내게 물었다.

"한 댓새 있다가 떠나우."

서울서 학비가 될 듯 싶으니 곧 올라오라는 편지가 왔기 때문에 나는 떠날 날짜를 작정하였던 것이다.

"요담에 언제 오우?"

"글쎄 내년 여름에나 올까?"

나는 문득 실단이를 떠나서 멀리로 가는 것이 슬펐다. 실단이와 함께 갈 수는 없나 하는 어리석은 생각도 났다.

"몇 해나 되면 공부를 다하고 아주 집에 오우? 한 삼 년?"

하고 실단이는 담대하게 말끄러미 나를 쳐다보았다.

"글쎄 암만해도 십 년."

나는 지금 중학교 이년이니 대학까지 치면 십 년이 될 것을 속으로 계산하면서 대답하였다.

"십 년?"

실단이는 그 가느스름한 눈을 동그랗게 떴다. 내 생각에도 십 년은 먼 것 같았다.

"십 년."

하고 나는 두어 번 고개를 끄덕였다. 우리들의 말은 이뿐이었다.


나는 그로부터 삼 년 후 열아홉 되는 봄에 중학을 졸업하고 고등학교 시험에 합격하여 고등학교 생도라는 명예와 자부심을 가지고 고향으로 돌아왔다.[4] 고향에는 늙은 조부

---

4) 춘원은 1910년 메이지(明治)학원 보통부 중학 5년을 졸업한 뒤, 조부의 위독으로 귀국하였다.

도 있고 어린 누이도 있으니 한 해에 한 번은 돌아와야 마땅하건마는 그럴 여비도 없었고, 내 초라한 꼴을 실단과 실단의 집에 보이고 싶지도 않았다. 그래도 무슨 자랑거리를 하나 거머쥐고 고향에 돌아오지 않으면 면목이 없었다. 고등학교 입학이나 하면 약간 금의 환향이 될 것도 같았던 것이다.

또 나이 이십이 가까우니 장가들고 싶은 생각이 상당히 강하였다. 게다가 실단이를 그리워하는 마음이 억제하기 어렵도록 강하였다. 나는 몇 번이나 실단이 아버지에게 내 뜻을 고하는, 이를테면 청혼편지를 썼으나 하나도 부치지는 못하고 찢어버렸다. 집도 한 간 없는 중학생 녀석이 남의 딸을 노리는 것이 몰염치한 것 같았고, 그렇다고 해서 내가 성공하여 처자를 칠 만한 힘이 생길 시기까지 실단을 시집보내지 말고 기다리게 하여 달라는 것은 더욱 뻔뻔스러운 일이었다.

지나간 삼 년 이 개월간에 사진도 한 장 없이 필적도 없이 그를 그리워하였다. 다만 내 마음 속에 그의 동그스름한 얼굴, 갸름한 눈, 방싯 열린 재주 있을 듯한 입술 사이로 엿보이는 하얀 이빨, 까무스름한 살빛, 그리 크지 않으나 구석 빈 데 없는 몸매, 이런 재료로 그를 만들어 놓고는 그리워하였고 심히 부드럽고도 맑은 그의 음성을 그리워하였다. 그를 위하여 공부에 힘을 내고 그를 위하여 살았다. 더구나 문학작품을 읽게 되면서부터 그 속에 나오는 모든 아름다운 여성을 언제나 내 실단이와 비교해 보았다. 그러나 그 누구도 내 실단을 당할 수는 없었다.

내 실단은 어디까지나 동양적이었다. 그는 정숙스러웠다. 그의 가느스름한 눈은 언제나 내려 떴고 한 번 치뜰 때에는 별과 같이 빛났다. 그는 분홍 치마 노랑 저고리에 남끝동 자주 깃, 자주 고름을 달아야 한다. 그의 얼굴에는 분이 발려서는 못쓰고 그의 몸에 향수가 뿌려져서는 못쓴다. 나의 실단에게는 그러한 인위적인 것을 가할 필요는 없는 것이다. 그러므로 내가 그에게 더 바랄 바는 없는 것이다. 다만 걱정은 나의 부덕이었다. 내 입에는 구린내가 나고 내 몸에서는 땀내와 비린내가 났다. 나는 도저히 그와 짝이 될 사람이 못되었다.

내가 성경을 읽고 예배당에를 다닌 것도 내 몸과 마음을 깨끗하게 할 양이었다. 나는 마음에 있는 구린 것을 버리면 자연히 몸에서 향기가 날 것을 믿었다. 나는 내 얼굴과 손발과 몸매를 아름답게 할 수 없는 것이 슬펐다. 내 가슴은 실단으로 가득 찼다. 나는 이 생각으로 서투른 시도 지어보고 일기도 써보았다. 나는 거의 매일 실단에게 편지를 썼으나 한 장도 부치지는 않았다. 나는 오천 리 밖에서 이렇게 간절히 생각하는 심정이 말이나 글이 없더라도 반드시 실단에게 통하리라고 믿고 또 하나님께 기도하였다. 나는 내가 어린 제 불행이 다 지나가고 앞날에는 운수가 탄탄하게 피일 것을 믿었다. 비록 우리나라가 일본의 보호국이 되고 군대가 해산되고 모두 불리하고 강개한 재료뿐이었으나 그것도 내 힘으로 내 손으로 다 바로 잡힐 것만 같았다.

여름 새벽 바다는 거울과 같이 맑았다. 대마도도 지나고 아침볕을 받은 고국의 산이 바라보일 때에 나는,
"아, 내 나라!"
하고 눈물이 흐름을 금할 수가 없었다. 사 년 만에 보는 고국. 안중근이 이등박문을 하얼빈에서 죽인 사건의 여파로 일본의 한국에 대한 여론은 물끓듯하였고, 그것을 기화로 일본의 군벌은 단호히 한국을 합병하여 음으로 양으로 민론을 선동하고 있었고, 국내에서는 안중근을 추겼다는 혐의로 안창호, 이갑, 이동휘 등 민족운동의 수령들이 깡그리 일본 관헌의 손에 체포되어 헌병대에 갇혀 있던 때라 나 같은 소년의 마음에도 조국의 흥망이 경각에 달렸음을 안 느낄 수 없었다. 이러한 조국의 땅, 부산에 발을 디딘 십 구 세의 소년인 나를 맨 먼저 환영하여 준 것은 일본의 무서운 관헌이었다. 나는 벌써 경찰의 주목을 받을 연령에 달한 것

이었다. 그뿐 아니라 동경에서 나 또래 몇 동인이 발행하던 등사판 잡지가 동경 경시청에 압수된 사건으로 하여 그 책임자로 필자인 나는 일본 관헌의 요시찰 인물 명부에 오른 것이었다.

부산에서 또 하나 내 마음의 행복을 깨뜨린 것은 기차에서 한국 사람 타는 칸과 일본 사람 타는 칸을 구별한 것이었다. 이런 것은 아직 한국의 주인이 한국이었던 사 년 전에는 없는 일이었다. 관헌의 대부분은 일본인이요, 승객의 반수 이상이 또 일본인으로 주객이 전도되었다. 나는 이를 보고 이를 갈지 않을 수 없었다.

'오냐, 이제 두고 보아라! 내 피로 조국의 영광을 회복할 것이다!'

하고 속으로 맹세하였다. 이러한 분위기 속에 나는 고향에 돌아왔다.

고향에서는 무엇이 나를 기다렸나? 조부는 모든 재산을 다 없이하고 외딴 글방에 병들어 누워있었다. 그는 어린 손자의 공부에 방해될 것을 두려워하여 그 동안 일어난 이러한 불행을 내게 숨긴 것이었다. 그는 먹고살기 어려워 집을 헤치고 내 어린 누이는 당숙의 집에, 자기는 어느 서당에 붙이고 있다가 병이 든 것이었다. 그의 병은 황달이었다. 팔십 노인인 그가 소복할 길이 있을 리가 없었다.

내가 조부를 찾아간 날, 그는 날더러 일으켜 앉혀 달라 하여 내 절을 받고는 몽롱한 눈으로 대견한 듯이 나를 물끄러미 바라보면서,

"인제 졸업 다 했느냐?"

하고 물었다.

"아직도 육 년이 남았어요."

하는 내 대답에 그는,

"육 년."

하고 힘없이 말하고는 도로 자리에 뉘어 달라 하고 눈을 감았다.

나는 '육 년' 하던 조부의 한 마디에 창자가 미어지는 듯함을 느꼈다. 조부가 육 년을 더 살 리가 만무하였다. 나는 밥을 빌어서라도 조부를 봉양하여서 그의 여년을 마치게 하리하고 결심하였다.

"할아버지, 저는 일본 안 가요."

하고는 울음이 복받쳤다.

"그럼 어딜 가고?"

조부는 놀라는 듯이 눈을 크게 떴다. 눈 흰자위가 치자를 들인 것 같았다.

"아무데도 안 가고 할아버지 모시고 있겠어요."

조부는 내 얼굴을 물끄러미 바라보고 있더니 말없이 스

르르 눈을 감아버린다.

　조부의 누운 방은 찼다. 나는 부엌에 내려가 불을 때려 하였으나, 나무도 없었다. 나는 뒷산에 올라가서 삭정이를 한아름 주워다가 불을 지피고 있었다.

　'조부님을 모시려면 살림을 차려야 하고 살림을 차리자면 장가를 들어야 하고, 또 집을 장만해야 하고 직업을 구해야 할텐데.'

　나는 부지깽이로 공연히 아궁이 앞을 쑤시면서 생각하였다. 실단이한테 장가들 수가 있을까.


　"내 딸을 데려다가 무엇을 먹일 텐가."

　하던 김의관의 말을 생각하면 지금도 주먹이 불끈 쥐어지고 식은땀이 흘렀다. 그것은 아버지가 돌아가기 바로 두어 달 전 일이다. 아버지는 어머니의 마음을 채워주려고, 아마 또는 그와 동시에 먹을 것까지 얻어 볼 허욕으로 하루는 나를 데리고 섬바위 김의관 집에를 갔다. 그는 아버지와 동년배 되는 친구요 부자였다. 그는 이천 냥을 쓰고 중추원 의관을 얻어 하여서 옥관자를 붙인 사람이었다. 그는 명주 옷을 입고 탕건을 쓰고 사랑 아랫목에 도사리고 있었다. 그의 조그마한 얼굴에는 주름은 있었으나 기름기가 있었고 어딘지 모르게 귀골인 듯 어엿한 데가 있었다. 거기 비겨서 아버지는 폐포파립인 데다가 간골은 툭 불거지고 두 뺨은 쪼그라지고 눈은 저공에 걸리고 궁상에 험상을 겸한 것 같았다. 뽐내는 데까지도 인제는 기운이 줄어서 앉은 자세를 꼿꼿하게 하기가 힘드는 모양이었다. 이러한 아버지와 김의관이 떡 버티고 앉아서 두 손으로 버선발을 만지는 양을 대조하면 내 어린 마음이 슬펐다.

이러한 판에 아버지는 염치 없이도 김의관의 막내딸을 내 아내로 달라는 말을 꺼냈다. 나는 쥐구멍으로 들어가고 싶었다. 그러면서도 나는 김의관의 얼굴을 꼭 지켜보고 있었다. 김의관은 소리 안 나는 코웃음을 하면서,

"자네 내 딸을 데려다가 무엇을 먹이려고 그러나."

할 때에 몸부림을 하고 울고 싶었다.

"자네 딸에 먹을 것을 얻어 주게그려."

아버지는 이런 말을 하였으나 물론 그 말이 통할 리가 없었다. 이날의 망신은 내가 평생에 잊을 수가 없는 것이었다. 그러나 나는,

'인제 두고만 보아라. 네가 나를 사위로 안 삼은 것을 후회할 날이 있으리라.'

하고 풀 죽은 아버지를 따라서 집에 돌아오는 길에 나는 이렇게 속으로 중얼거렸다.

나는 아궁이 앞에서 이런 것을 생각하면서, 실단이와의 혼인이 희망 없음을 슬퍼하였다. 내가 공부를 마치어서 학사, 박사가 되어 돌아오기만 하면야 문제가 없지마는 이제 공부를 고만 두면 실단 아버지의 말과 같이 중도이폐한 강길이가 될 것이다. 그러면서도 나는 실단이를 내놓을 수는 없었다.

나는 며칠 후 외가에 갔다. 형수는 그 동안에 더 늙은이가 되고 천자를 배우던 조카는 벌써 상투를 틀고 관을 쓰고 있었다. 나는 거진 나만한 조카며느리의 절을 받았다. 조카딸들은 다들 시집을 가고 없었다. 사 년 동안에 변하기도 변하였다.

나는 내 입으로 실단의 말을 묻기가 거북하였으나 형수는 내 사정은 모르고 제 소리만 늘어놓고 있었다. 형수는 젊은 과부로서 이만큼 가산을 늘리고 자녀들을 성취시킨 데 대하여 깊은 만족과 자부를 느끼는 모양이었다. 또 그럴만도 하였다. 젊은 과부의 재산을 노리는 일가 떨거지들을 다 휘어 누르고 이만큼 하여 놓기는 진실로 칭찬할 일이었다.

"어머니, 나 단자 들이러 가우."

하고 조카가 관을 비뚜르 쓰고 들어온다.

"단자라니. 응 실단이 새서방? 그러기로 관 쓰고 단자가 무에야? 아이들이나 하는 게지. 어른도 단자들이냐.”

　형수의 말도 듣지 않고 조카는 까치걸음으로 대문을 나간다. 대문 밖에는 아이들이 등대하고 있다가 와하고 소리를 지르면서 가버리고 말았다.

　‘실단이 새서방?’

　이 말에 나는 천지가 노랗게 됨을 느꼈다.

　“실단이 새서방?”

　나는 저도 모르는 결에 이렇게 물었다.

　“오, 참 아주버니가 실단이를 귀애하셨지. 네, 오늘이 실단이 새서방 장가오는 날이랍니다. 실단이도 불쌍한 애라우, 고것 얌전하지 않아요? 아주 재주 덩어리고. 그런데 속아서 혼인을 했답니다. 줄아우 최주사 손자라나 원. 가문이 좋다고 해서 혼인을 정했는데 정해 놓고 보니 신랑이 바보래. 나이는 열 다섯 살인데 아직도 침을 질질 흘리고 게다가 반벙어리라나. 글쎄 고 얌전이가 어떻게 그런 남편을 만나우? 돈이야 있지. 최주사 집이 부자랍니다. 한 삼백 석 한대. 그렇지만 삼백 석 아니라 삼천 석이면 무얼 하오. 신랑이 저따위니. 참 실단이가 가엾어요. 그래 실단이 어머니는 파혼을 한다고 울고불고 했답니다. 그러면 되우? 실단이 할아버지는 양반의 집에서 한 번 허락했으면 고만이지 웬 딴 소리가 있느냐고 고집을 하고, 실단이 아버지는 아주버니도 아시다시피 부모의 말씀이면 그저 네, 네지 터럭 끝 만한 것 하나도 거역을 못하거든요. 그래 눈물판이지요, 그 집이야. 실단이가 울지요. 실단이 어머니가 울지요. 그러니 쓸 데 있어요?"

"그러기로 이럴 법도 있나?"

하고 나는 정신이 아뜩하여서 갈피를 잡을 수가 없었다. 내가 그처럼 간절하게 사 년 동안이나 하느님께 빈 것도 허사였던가. 내가 자주 실단의 집에 편지도 하고 또 청혼도 하였더면 이런 일이 없었을 터인데 하면 나의 못생김이 밉기도 하고, 진주 같은 실단이를 돼지에게 주는 실단의 부모가 괘씸하기도 하고, 자식의 운명을 부모의 마음대로 결정하는 우리 나라의 인습에 대하여 강하게 반항하는 마음이 불일 듯 일어나기도 하였다.

내가 속으로 고민하는 양이 형수의 눈에 뜨인 모양이었다. 형수는 말없이 물끄러미 나를 보고 있더니 분명히 내 속을 다 뽑아 보고 나를 위로하는 어조로 이렇게 말하였다.

"아주버니. 난 모든 것이 다 인연이라고 믿어요. 사람의 일은 하나도 인력으로 되는 것은 없는 것 같아요. 다 제 팔자요, 인연이야요. 이런 말씀하면 아주버니 마음만 불편하시겠기에 안 하려고 했지마는 실단이 어머니는 실단이를 꼭 아주버니한테 시집을 보내려고 무척 애를 썼답니다. 그

때에 아주버니 댕겨가신 뒤로, 벌써 사 년이 되나 오 년이
되나, 아마 한 달에 열 번은 우리 집에 왔을 거야요, 실단이
어머니가. 아주버니한테서 무슨 기별이 없는가 하고요. 그
러고 실단이도 자주 놀러 왔지요. 고것이 말이 없어서 그렇
지 왜 몰라요? 하지만 계집애가 열 여덟, 열 아홉이 되니 어
떻게 그냥 둘 수가 있어요. 병신 궤지기 아닌 연에야. 그러
니 언제까지나 나는 시집 안가요 하고 버틸 수가 없거든요.
그러다가 언젠가 한번은 실단 어머니가 와서 툭 털어놓고
말을 합대다. 아주버니가 실단이한테 마음이 있을 듯 싶으
냐고. 실단이 할아버지나 아버지는 집 한 간도 없는, 떠돌
아다니는 아이한테 어떻게 실단이를 맡기느냐고, 안 될 말
이라고 그러지마는, 아주버니만 마음이 있으시다면 자기가
아무렇게 해서라도 다른 자리는 다 물리치고 아주버니 돌
아오시기를 기다리겠노라고요. 그런데 아주버니한테서는
영 소식이 없어, 실단이 나이는 자꾸 가. 헌데 한번은 그러
더래. 실단 아버지가 들으라는 듯이 아주버니가 설사 돌아
온다 하더라도 학교공부도 안한 시골계집애한테 장가를 들
겠느냐고. 그렇게 생각하면 그럴 듯도 하거든요. 게다가 실
단이 동생을 또 장가를 들여야 안 하겠어요? 그 애가 벌써
열네 살이거든 벌써 혼인이 늦었지. 그래서 이번 혼인이 된
모양인데, 그러니 실단 어머니나 실단이야 울며 겨자국을

먹고 있지요. 아주버니가 한 달만 일찍 돌아오셨더라도 어찌 되었을지 모르지마는."

형수의 말로 실단의 사정은 대강 짐작이 되었다. 이 때에 내가 느낀 슬픔, 분함, 뉘우침, 괴로움은 도저히 내 붓으로는 그릴 수가 없다. 그저 내 모든 희망, 신앙, 평생의 계획이 한꺼번에 다 깨어지고 절망과 암흑의 밑 없는 구렁텅이로 빠진 것과 같았다고 할까. 형수는 내 눈치를 슬쩍슬쩍 보고 앉았더니 웃지도 않고 근심스러운 정성을 보이는 얼굴로,

"심심한데 가보시지."

하였다.

"어딜요?"

"잔칫집에. 실단이 집에. 달걀이나 두어 꾸러미 싸드릴게 들고 가 보셔요. 못 가실 데야요, 뭐?"

"흠."

하고 나는 어이없이 웃었다. 그리고 정말 나가서 달걀 두 꾸러미를 손잡이를 하나로 하여서 들고 보이면서,

"자 이걸 들고 가세요, 구경 겸."

잔인하게 나를 놀려먹는 것 같이도 생각되고 사건의 진전을 흥미 있게 기다리는 것도 같았다. 나는 스스로 저를 조롱하면서 사 년 전 내가 실단이를 바래다주던 길로 나섰다.

만일 오늘이 실단의 혼인날이 아니요, 그를 내 아내로 할 희망을 가진 길이라면 한 발자국에 얼마나 가슴이 울렁거렸을까. 그러나 실단은 이제 다른 남자의 아내가 되기 위하여 단장을 하고 있을 것이다. 그러한 자리로 찾아가는 나의 걸음은 무거웠다. 하지만 다만 한 번만이라도 그리운 실단의 얼굴을 보고 싶었다.

나는 실단의 집으로 바로 가기를 꺼려서 형수의 훈수대로 곰여울 할머니의 집으로 갔다. 집이라고는 더 초라할 수밖에 없는 막살이였다.

"곰여울 할머니. 저 돌고지 도경입니다."

나는 마당에 서서 불렀다.

"무어? 도경이? 이게 꿈인가. 생신가."

하고 곰여울 할머니는 문을 열었다.

"아이구, 이게 웬일인고. 어서 들어오라고. 그래 언제 왔노? 서울서 장가들었다지. 색시도 데리고 왔나. 실단이는 도경이를 기다리다 기다리다 못하여 고만 다른 데로 시집을 가게 됐구먼. 원 세상에 실단 어멈을 불러와야겠군. 퍽도 기다리더니. 신랑 옷 한 가지를 지어도 도경이 품에 맞게 도경이 품이 이만할까, 저만할까 하고 모녀가 그렇게도 생각을 했구먼. 가만있어. 내 실단 어멈을 오랄게."

곰여울 할머니는 귀먹은 늙은이가 흔히 하는 모양으로

혼자만 지껄이면서 신을 끌고 나간다. 내게는 한 마디도 대답할 기회를 주지 않았다.

잰걸음 소리가 들렸다. 그것은 실단과 실단이의 어머니였다. 상글상글 웃는 눈은 예와 같으나 눈초리에 주름이 잡히고 얼굴에 빛이 준 것이 중년 여성임을 보였다.

"아이 참. 몰라보게 되었구먼."

하고 실단 어머니는 그 고운 다정한 눈으로 뚫어지게 나를 바라보았다. 나는 그의 눈치에서 그가 나를 그리워해 준 것을 알아볼 수가 있었다. 나는 마음놓고 그의 얼굴을 반갑게 바라보았다. 그리고 나는 눈을 실단에게로 돌렸다. 실단은 머리는 고부슴하고 두 손으로 치마 고름을 잡고 있었다. 아마 한식에 갈아입은 옷이겠지, 연분홍 서양목 치마가 약간 풀이 죽고 고운 때가 묻은 것이 더욱 정다웠다.

"글쎄 괜한 소문이 났구먼. 도경이가 장가를 든 일이 없다는데 웬 서울 색시헌테 장가를 들었다고 헛소리를 누가 해서, 아이 세상에. 아이구 아까워라."

하고 곰여울 할머니는 눈물이 글썽글썽하였다.

실단의 고개는 더욱 수그러진다. 그의 총총한 목덜미가 몹시 나의 마음을 끌었다.

"모두다 연분이지. 이제 그런 말씀해서 무엇하겠어요."

하고 실단의 어머니는 억지로 웃음을 지어 웃으면서,

"우리 실단이가 도경이 마음에 차지 않길래 아무 말도 없었겠지. 도경이야 일본까지 가서 큰 공부를 하고 앞으로 크게 귀히 될 사람인데 시골구석에서 아무 것도 배우지 못한 우리 실단이야 배필이 될 수가 있어요?"

"그런 게 아닙니다."

하고 나는 구구한 변명인 줄 알면서 입을 열었다. 이 기회에 내가 지난 사 년 간 속에 먹었던 생각을 얼마라도 실단이 모녀에게 알리고 싶었다.

"저는 줄곧 실단이 생각을 했어요. 그러고 하느님께 빌었어요. 실단이가 잘 있게 해줍소사고. 또 실단이와 혼인하게 해줍소사고요. 실단 아버지께 청혼하는 편지를 열 번은 더 썼다가 모두 찢어버렸지요. 부모도 없고 집 한 간도 없는 놈이 어떻게 남의 딸을 달라고 하랴. 염치없는 일이거든요. 제가 졸업이나 하고 직업이나 얻으면, 그 때에나 말씀을 해볼까 했어요. 그러다가 형수한테 듣고야 오늘이 실단이 혼인날인 줄을 알았지요. 그래서 벼르고 벼르던 소망이 다 끊어졌지만, 한 번 실단 어머니나 뵈옵고 하려고 왔던 길이야요."

실단 어머니는 실신한 사람 모양으로 나를 바라보고 있고, 실단은 윗니로 아랫입술을 꼭꼭 물고 있는 것이 보였다. 나는 당장에 달려들어서,

“내 실단이!”

하고 실단이를 껴안고 소리치고 싶었다. 그러나 그것은 못할 일이다! 실단의 귓머리와 옷고름을 마음대로 풀 사내가 지금 꺼떡대고 한 걸음 한 걸음 이리로 가까이 오고 있다. 그의 말머리가 보이기 전에 나는 여기서 물러나야 한다. 그리고 나는 다시는 실단이 곁에 앉아서 실단의 이름을 부를 수 없는 것이다!

“실단이!”

나는 인사 체면도 다 잊고 불렀다. 그 소리는 내 소리 같지 않게 떨리고 우는 소리였다.

“네.”

하고 실단은 고맙게도 대답하고 고개를 들어서 눈물이 젖은 눈으로 나를 바라보았다. 나는 마치 이번에 한 번 보아 두면, 천만 번 나고 죽더라도 그 눈을 아니 잊을 것이나 되는 것같이 뚫어지게 그 눈을 바라보았다. 실단이는 내 시선을 피하여 고개를 숙였다. 나는 여기 오래 있는 것이 더욱 못난 짓임을 깨달았다. 설사 실단이 모녀가 한 팔에 하나씩 매달리는 한이 있다 하더라도 획 뿌리치고 나서는 것밖에 내게 남은 사내다움은 없었다. 나는 아주 선선한 사람같이,

“저는 가요.”

하고 곰여울 할머니 집을 나섰다. 그리고는 뒤도 안 돌아
보고 산으로 산으로 올라갔다. 나는 실단이 모녀가 내 뒤를
바라본다고 느꼈으나 굳이 돌아보고 싶은 마음을 눌러버렸
다. 나는 무엇을 빼앗기고 망신하고 쫓겨난 사람과 같은 생
각을 쫓아낼 수가 없었다. 뜻대로 안 되는 세상이라고 원망
도 해보았다. 세상과 운명에 대하여 반항하리라 생각도 해
보았다. 그러나 그 때의 나에게는 그만한 용기가 없었다.
나는 한을 품고 참을 수밖에 없었다.

# 5. 다섯째 이야기

내 아버지와 어머니가 돌아가신 이야기를 먼저 써야 옳은 것인데, 뒤로 미룬 것은 내 어린 시절 이야기가 너무 암담한 까닭이요, 나로서도 차마 하기 어려운 이야기여서 이 글을 읽을 이의 정신에도 과도한 비감을 드릴까 슬퍼함이었다. 그러자면 아예 안 하는 것이 좋을지도 모른다. 그러나 나라고 하는 한 사람이 세상에 태어난 것부터도 나 스스로 그 뜻을 알아낼 수 없는 일이거든, 내 일생에 일어나는 여러 가지 일에 어느 것이 꼭 뜻이 있고, 어느 것은 아무러한 뜻이 없다고 작정해 버릴 수는 없고, 차라리 내 일생에 일어나는 모든 일은, 내가 보기에 뜻이 있든지 없든지 하늘이 보기에 다 까닭이 있고 우주의 섭리에 필요한 것이어서

그 중에 하나도 빼어 놓기 어렵다고 보는 것이 옳을 줄 안
다.

내 아버지와 어머니의 돌아감도 이러한 의미에서 사실대
로 적을 필요가 있을 것이다. 이 두 죽음이 내 성격을 이루
는 데나 내 일생의 행로를 결정하는 데 영향이 없을 수가
있는가. 열한 살의 어린 나는 필시 이 두 죽음에서 인생의
괴로움이라든가, 덧없음이라든가, 세상이 어떻게 부정하다
는 것이라든가, 사람이 왜 죽어야 하는가, 죽으면 어떻게
되는가 같은 문제들이 마음에 어렴풋하게나마 일어났을 것
이다.

내 아버지로 말하면 위에도 말한 바와 같이 우리 네 식구
외에 세상에서는 이미 쓸데없는 인물이 되어버렸던 것 같
다. 일가도 친척도 아버지를 환영할 사람은 없었다. 약간
재물이 있는 사람은 아버지가 무엇을 달랄까 겁을 내었었
고, 아무 것도 없는 빈궁한 사람들은 아버지와 같이 아무
것도 아무 힘도 없는 궁한 사람이 소용이 없었다. 아버지가
내 사종숙의 집에서 갓에 제비 똥을 받았을 때에

"허, 새 짐승까지도 나를 괄시하는군."

하던 것을 보면 아버지 자신도 자기가 쓸데없는 사람인
줄을 안 모양이었다.

"새가 머리에 똥을 싸면 그 사람이 죽는다는데."

하고 그 아주머니가 나중에 내가 듣는 데서 말할 때에는 나는 울고 싶었다. 아무리 무능한 사람이라도 내게는 없어서는 안 되는 아버지요, 내 어머니께도 천금보다 소중한 남편이었다.

'왜 우리 아버지는 저럴까, 남의 아버지 같지 못할까.'

속으로 이렇게 생각하다가도 아버지가 없으면 살 수 없을 것 같았다. 의식도 못 얻어다 주는 아버지건마는 그가 없는 세상을 나는 생각할 수가 없었다.

아버지가 돌아가던 해 여름에 나는 이질을 앓았다. 배는 오려내는 듯이 줄창 아프고 하루에도 삼사십 차 피곰을 누었다. 나중에는 이루 뒤를 볼 수가 없어서 젖먹이 모양으로 기저귀를 차고 누워있었다. 팔다리는 북어처럼 마르고 살은 희다 못해 파르스름하게까지 되었다. 지금 생각해 보면 이것은 죽을병이었다. 그러나 나는 죽는다고는 생각지 않았다. 아버지는 밤낮 나를 간호하였다. 불돌을 구워서 연방 배에 갈아대어 주고, 기저귀를 갈아주었다. 약을 구하러 갈 때에만 아버지는 내 곁을 떠났다. 아버지가 구해오는 약은 가지각색이었다. 첩약 외에 가루약도 있었다. 면화 꽃을 달여 붙여서 먹으면 낫는다고 하여서 면화 꽃을 한 움큼 따가지고 오던 모양을 기억한다. 또 도끼를 불에 달구어서 막

걸리에 담가서 지글지글 끓는 것을 먹이던 것도 기억된다. 이 모양으로 이질에 좋다는 약으로 안 먹어 본 것이 없지마는 그 중에도 잊히지 않는 것은 거무스름한 구렁이 헐을 백지에 싸 가지고 온 것이다. 아버지는 나 보는 데서 이것을 숯이 되도록 구웠다. 그 길다랗고 어룽어룽한 것이 뿌지직 뿌지직 소리를 내고 고드러지는 양도 흉하거니와 거기서 나는 누린내는 더욱 비위를 거슬렀다. 한 달이나 넘어 중병으로 신경만 날카로워진 내 눈에는 독이 그뜩 찬 두 눈과 갈라진 혀끝이 날름거리는 것이 보이는 것 같아서 소름이 끼쳤다. 그러나 나는 아버지가 오십 리 길이나 걸어서 구렁이 많은 산촌에 가서 구하여 온 이 약을 안 먹을 수가 없어서 눈을 꽉 감고 술에 탄 구렁이 헐 가루를 들이마셨다. 그는 내가 이 약을 먹고 나을 것을 하늘에, 신명에 빌었을 것이다.

나는 아무것도 아버지한테 효도한 것이 없으나 하나 있다면 아버지가 주는 약이면 무엇이든 순순히 먹는 것이었다. 사실상 내 병이 나으려고 약을 먹느니보다는 약을 구해다가 주는 아버지가 미안하여서 하는 편이었다. 잔병을 많이 앓은 나는 어린 마음에도 아버지의 애씀을 느낀 것이었다.

구렁이 헐 때문인지는 몰라도 내 이질은 점점 차도가 있어서 배 아픈 것과 뒤 무거운 증세도 없어지고 입맛도 나게 되었다. 그러나 좀체로 일어나 뛰어다닐 수는 없었다. 이 모양으로 내가 몸을 추서는 동안에 아버지는 여전히 내 곁을 안 떠나고 내 동무가 되어 주었다. 장기도 가르쳐 주고 골패도 가르쳐 주고 하례 편람, 상례, 천기대요 같은 책을 꺼내어 보여주기도 하였다. 나는 이 동안에 관, 혼, 상, 제의 모든 예를 배우고 모든 축문을 암송하였다. 왼손 엄지손가락과 새끼 손가락말고 세 손 가락의 아홉 마디에 아버지가 손수 붓을 들어서 일천록, 이안손, 삼식신, 사징파, 오귀, 육합식, 칠진귀, 팔관인, 구퇴식을 써 주어서 외고 그것이 어디로 보아도 열 다섯 끝이라고 내가 말하여서 아버지로부터 대단히 칭찬을 받았다. 그러나 무엇에 쓰는 것인지는 지금은 생각나지 않는다.

저녁에 마당에 밀짚거적을 깔고 모깃불을 놓고 식구들이 모여 앉았노라면 박나비가 박꽃에 날아오고 하늘에는 별똥이 많았다. 참외, 수박은 사다 먹을 형세도 못되지마는 어머니가 가꾼 강냉이를 밥 위에 찌거나 아궁이에 구워서 먹을 수는 있었고, 아버지는 불 잘 안 붙는 담배를 모깃불 화로에 붙일 수가 있었다. 젖먹이 누이는 재롱을 피우고 여섯 살 먹은 누이는 반딧불을 따라다녔다. 개구리와 두꺼비가 담뱃재를 얻어먹으려고 엉금엉금 기어들고, 극성스러운 모기들은 바람결에 모기 내 밀리는 틈을 타서 덤비었다. 아버지는 담뱃대를 털고는 또 담으면서 여러 가지 세상 이야기를 하고, 어머니는 얼마 안 되는 삼을 삼으면서 나를 장가를 들여서 어서 며느리를 얻어야 한다고 불평을 하였다. 박복한 우리 집에도 이러한 시름없는 순간이 있었다.

우리 집을 뉘라 찾으리. 한 해에 오직 한 번, 장령공 할아버지 제삿날이 우리 집에 귀한 손님이 오는 날이었다. 칠월 스무날이면 오십 리쯤 떨어진 내 재당숙네 집에서 몇 사람이 풍성한 제물을 가지고 우리 집을 찾았다. 이 해에도 내 재종조모와 재당숙이 제물을 가지고 왔다. 종조부와 당숙도 왔다. 우리 집 굴뚝에서는 전에 없이 오래오래 연기가 났다. 아버지도 옷은 비록 헌털뱅이나 도포는 말짱하여서 이 날만은 궁한 빛이 없었다. 더구나 아버지는 종손이라, 아무리 잘 사는 일가들이 제관으로 모이더라도 이 날의 주인은 아버지였다. 어찌 알았으리, 이것이 아버지로서는 마지막 제사일뿐더러 이 세상에 마지막 소임을 다한 것임을.

추석이 다가왔다. 추석대목이라고는 하나 쇠고기 한 깃도 숭어나 민어를 사들일 처지도 못되었다. 팔월 열 사흗날 아버지는 사당간 문을 열고 손수 소제를 하고, 어머니는 담을 것도 없는 제기를 닦고 있었다. 나는 아버지 뒤에 따라다니며 아버지가 하는 양을 보았다. 아버지는 손을 읍하고

말없이 사당간에 우두커니 서있었다. 제사도 못 지내는 슬
픔을 느끼고 있는 모양이었다. 나는 아버지의 눈에 눈물이
주르르 흘러내림을 보았다. 아버지는 무슨 생각이 났는지
감실을 가리운 휘장을 걸었다. 거기 나타난 것은 감실 넷을
가진, 나무로 짠 장이었다. 그 속에는 향하여 오른편 감실
로부터 내 오대조, 고조, 증조의 차례로 삼대의 독이 있고
넷째 감실에는 조모의 혼백이 설작에 넣어 있었으니 이것
은 조부가 생존하여 있는 때문이었다. 나는 내 오대조부터
의 장손이었다.

아버지는 내 오대조의 감실 앞에 서서 그 신주에 무엇이
라고 썼느냐고 내게 물었다. 나는 고조부, 증조부의 신주까
지 거침없이 다 읽어 내었다. 아버지는 만족한 듯 휘장을
늘이고는 별 말 없이 사당문을 닫고 나왔다. 그리고 내게
제삿날들을 묻고, 제상 벌리는 법을 묻고, 제물의 이름을
물었다. 이런 일은 나도 이미 대강 아는 것이지마는 아버지
는 그날따라 자세히 묻고 설명도 하였다.

"복숭아, 살구는 왜 안 써요?"

나는 복숭아의 좋은 빛과 내와 맛을 생각하면서 물었다.

"복숭아, 살구는 안 써."

나는 불현듯 복숭아가 먹고 싶었다.

"복숭아가 먹고 싶으냐?"

하는 아버지의 말에 나는 고개를 까딱까딱 하였다.

"복숭아 나두."

하고 여섯 살 먹은 누이가 달려왔다.

"복숭아가 아직도 있을까?"

하고 아버지는 의관을 하고 나갔다.

앞집에서 떡치는 소리가 났다. 우리 사 모자는 기나긴 날에 우두커니 앉아 있었다. 인제 텃밭에 오이도 없고 강냉이도 없었다. 앞길로, 건너 마을로 울긋불긋하게 새 옷을 입은 아이들이 다니는 것이 보였으나 우리들은 갈아입을 새 옷도 없었다. 집 앞 김 산장네 밭에는 키 큰 수수가 바람에 부스럭부스럭 소리를 내며 흔들리고 앞 고래 논에는 누렇게 익은 벼가 물결치고 있었다. 그래도 우리는 아버지가 큰 골서 복숭아나 밤을 얻어 가지고 올 것을 바라고 지붕 그림자가 뜰에 지나가는 것을 들락날락 보고 있었다.

다 저녁 때, 해가 다 넘어가고 땅거미가 돌 때에야 아버지가 돌아왔다. 우리들은 아버지 손부터 보았으나 아무것도 든 것이 없었다.

"복숭아가 다 없어졌어."

아버지는 기운 없는 소리로 말하였다. 나는 섭섭하였으나, 아버지가 돌아온 것만이 좋아서 복숭아 말은 거들지 않았다. 우리들은 마당에다가 밀짚거적을 깔고 저녁밥을 먹었다. 거진 다 둥근 달이 돌고지 고개 위에 솟아서 가난한 우리 다섯 식구의 얼굴을 비추었다. 이것이 우리들이 아버지와 어머니와 함께 먹은 마지막 저녁이었다. 아버지는 내일 낮이 기울면 이 세상을 떠날 이요, 어머니는 모레부터 병이 나서 이레 뒤면 돌아갈 이였다.

이상하게도 아버지의 일이 마음에 켕기었다. 술을 자셨는지 낮이 좀 붉고 초췌한 그 얼굴에는 무엇인지 모를 그림자가 있었다.

"아버지, 어디가 아파?"

나는 이렇게 물었다.

"응, 배가 쌀쌀 아프다. 술을 한 잔 먹은 것이 오르내리는가 보다. 그 집 술이 시어서."

나는 아버지의 이 말에 가슴이 뭉클하였다. 나는 며칠 전에 어금니가 빠지는 꿈을 꾼 것과, 메추리 보금자리에 돌을 던진 것이 이상하게도 바로 맞아서 어미와 새끼 다섯이 한꺼번에 으스러져 죽은 것과 또 그저껜가 꿈에 우리 집 부엌 솥 건 뒷벽에 뻘건 쇠고기가 달려 있는 꿈을 꾼 것들을 생각하고 아버지가 돌아가려는 징조가 아닌가 하여서 몸에 소름이 끼쳤다.

그날 밤, 잠이 들었다가 깨니 아버지는 앓는 소리를 하고 있고 어머니는 아버지의 부정한 것을 치우노라고 들락날락

하고 있었다. 아버지는 쥐통(호열자)에 걸린 것이었다. 이 해에 유월부터 쥐병이 돌아서 인근 동네에서도 사람이 많이 상하였다. 어떤 데서는 어른 아이 다섯 식구 중에 젖먹이 하나 남기고는 다 죽은 집도 있었다. 그러나 팔월달에 접어들어 추풍이 나면서부터 뜨음하여서 이제는 다 지나갔다고 하던 판인데 아버지가 우리들을 위하여 복숭아를 얻으러 큰골에 갔다가 병을 묻혀온 것이었다. 나중에 알고 보니 우리 아버지, 어머니가 금년 쥐통에 죽은 마지막 사람들이었다.

어머니는 참 끈기 있게 아버지를 간호하였다. 나는 어머니가 입에다가 아주까리 기름을 한 입 물어서 아주까리 대한 마디를 아버지 항문에 대고 그리로 입에 문 기름을 불어 넣는 것을 보았다. 어머니는 아버지의 병을 자기의 병으로 여겨서 더러운 것도 무서운 것도 없는 모양이었다.

이튿날 어머니는 백의원네 집에 가서 곽향정기산 몇 첩과 가루약 한 봉지를 가지고 돌아왔다. 가루약은 곧 먹이고, 첩약도 부랴부랴 달여서 먹였다. 그러나 약 숟가락 뚝 떼며 이상한 증세를 발견하였다. 손발이 꺼멓게 죽고 콧집이 찌그러지고 눈이 곧아지는 것이었다. 어머니는 큰일났다고 날더러 달참봉네 집에 가보라고 명하였다. 달참봉이란 아버지의 죽마고우로 무엇이나 조금씩은 다 안다는 김

참봉의 별명이었다. 그는 쇠를 가지고 집 자리와 묘 자리도 잡노라 하고, 날받이도 하고, 약은 안 놓았으나 처방도 하였다.

나는 고개를 넘어 장달음으로 달참봉 집에 가서 아버지의 병 증세를 설명하고 약을 달라고 하였다. 그는 놀라는 듯이 입에 물었던 장죽을 한 손에 떼어들고 물끄러미 나를 바라보더니,

“내가 가도 쓸데없어.”

하고 잠깐 생각하더니,

“송진을 콩알만큼 서너 개 먹이고, 머루 덩굴을 물에다 끓여서 그 물로 손발을 씻겨라.”

“그렇게 하면 살아나겠어요?”

“인명은 재천이야. 아무려나 어서 가서 그렇게 해 보아라.”

하는 말이 끝나기도 전에 그 집에서 뛰어 나와 집을 향해 달렸다. 송진과 머루 덩굴을 해 가지고 집에 돌아와 보니 아버지의 모양은 아까보다 더 나빴다. 정신도 없는 모양이거니와 숨소리도 톱질하는 것처럼 났다.

“도경아, 너 청룡모루 김의원네 집에 가서 좀 오시라고 그래 보아라.”

청룡모루라는 동네는 우리 집에서 오 리는 된다. 나는 빗

방울이 뚝뚝 떨어지는 길을 달음박질하였다. 내가 말하는 병 증세를 듣고 김의원은 송편을 한 그릇 내다가 날더러 먹으라고 하였다. 그것은 금방 쪄낸 것으로 솔잎 냄새가 나고 기름이 찌르르 흘러서 먹음직스러웠다. 나는 아침도 점심도 안 먹은 속이라 앉은 참에 서너 개를 맛있게 먹었다. 먹다가 생각하니 떡을 먹고 있을 처지가 아닌 것 같아서 떡그릇을 물려 놓고,

"선생님 저허구 우리 집에 가셔서 우리 아버지 살려 주셔요."

하고 졸랐으나,

"내일이 추석이어서 다례를 지내야 하니까 못 가. 어서 네나 집으로 가거라. 다른 의원헌테도 갈 것 없어. 어서 빨리 집으로 가란 말야. 알아들었니?"

하릴없이 나는 김의원 집에서 나왔다. 고개를 넘어서니 우레와 번개가 점점 가까워 오면서 굵은 빗방울이 떨어지기 시작하였다. 나는 빗물 섞여 눈물 섞여 전신에 물을 흘리면서 뛰었다. 발을 어떻게 옮기는지도 몰랐다. 숨이 찬지 안 찬지도 몰랐다. 귀와 목덜미와 뺨을 때리는 빗방울은 콩알과 같아서 눈을 뜰 수가 없었다. 바람과 그 바람에 몰리는 살 대 같은 빗발이 내 가슴을 떠밀어서 걸음을 걸을 수가 없었다. 갑자기 어스름이 온 것처럼 천지가 혼명하였다.

나는 그 속으로 허리를 굽히고 고개를 숙이고 눈을 감다시
피 하고 여전히 바람비를 거슬러서 뛰었다.

'아버지가 돌아가신단 말이지.'

나는 뛰면서도 김의원의 말을 새겨 보았다. 아버지가 돌
아가면 나는 살 수 없는 것만 같았다. 아버지가 돌아가서는
안 된다. 내가 어서 가서 아버지를 꼭 붙들어야 한다. 이렇
게 생각하니 내 마음은 더욱 조급하였다. 된 소나기는 지나
가고 천지가 훤하게 되었다. 산중턱에 높은 데(산제 터를 이
렇게 부른다.) 지붕이 보였다. 나는 그것을 보고 길바닥에 넙
죽 엎드려서

"하느님, 높은 데 계신 서낭님. 제발 우리 아버지 살려줍
소사. 천우신조합소사. 천우신조합소사."

하고 소리를 높여서 빌었다.

집에 돌아오니 누이가 대문 밖에서 비에 떨어진 붕어를
조그마한 웅덩이에 넣고 놀고 있었다.

"이거 봐 붕어가 떨어졌어. 하늘에서 떨어졌어."

"아버지는 어때?"

"엄마가 그러는데 아버지가 좀 낫대. 잠이 들었다고 떠들
지 말라고."

나는 가만히 문을 열고 아버지가 누운 방에 들어섰다. 어
머니는 젖먹이를 안고 시름없이 앉아 있다가 내가 들어오

는 것을 보고 빙그레 웃으며,

"아버지가 좀 나으신 것 같다. 숨소리가 없고 잠이 드셨고나."

하고 아버지의 얼굴을 바라보았다. 과연 아버지의 얼굴에는 고민의 빛이 스러지고 화평하였다. 그러나 나는 아버지의 낯빛이 이상하게 푸르스름한 것을 느꼈다. 나는 아버지의 머리맡에 앉아서 손으로 이마를 짚어 보았다. 싸늘하고 축축이 땀이 있었다. 이번에는 코밑에 대어 보았다. 숨이 없었다. 아버지는 운명한 것이었다.

"어머니, 아버지 숨이 없어! 돌아가셨어!"

내 이 말은 아버지의 죽음을 우주에 선포하는 소리였다. 아버지는 어머니와 두 어린 딸을 곁에 놓고 아무 말도 없이 그 괴로운 일생을 끝막은 것이었다. 나는 아버지의 임종을 못한 대신에 조그마한 손으로 아버지의 반쯤 뜬눈을 감겼다. 내 손 길이가 아버지의 눈의 길이를 다 덮지는 못하였으나 내 손이 내려쓰는 대로 아버지는 만족한 듯이 눈을 감았다.

어머니는 내 말에 황망히 젖먹이를 내려놓고 몸을 굽혀서 아버지의 가슴에 손을 얹어서 쓸어보고는,

"가슴도 식었고나."

하고 고개를 푹 수그렸다. 사람이 죽는 것을 본 경험이

없는 어머니는 손발을 모을 생각은 안 했다. 부엌으로 내려
가 대접에 물 한 그릇을 떠서 소반에 받쳐들고 숟가락을 놓
아 가지고 들어왔다.

"옛다. 아버지 입에 물이나 한 모금 흘려 넣어라."

나는 아버지의 방싯 벌린 입에 물을 흘려 넣었으나 입술
은 움직이지 않고 물은 수르르 뺨으로 흘러 내려서 베개를
적셨다. 어머니는 홑이불을 끌어 올려서 아버지의 얼굴을
가리웠다. 그러고는 한숨을 쉬면서 머리를 풀고 다음에는
나와 누이의 머리를 풀었다. 그리고 몇 마디 곡을 하였으나
곧 그치고 나를 물끄러미 바라보고 있었다. 아직도 서른 세
살밖에 안된 젊은 어머니다. 가난 고생은 하였더라도 옷이
허룩할망정 궁기는 없었다.

어머니의 얼굴은 흰 편이요, 눈은 이쁘지는 않았으나 대
신 유순하고 단정하였다. 얼굴판은 길지도 둥글지도 않고
체격은 건장하였다. 이모는 어머니더러 미련퉁이라고 놀려
먹었지마는 나 보기에 그런 것 같지는 않았다. 어머니는 추
위도 잘 참고 배고픈 것도 견디었으니 그것을 미련이라고
할 것은 아니었다. 어머니는 조그마한 밭에 여러 가지 채소
를 가꿀 줄을 알았고 삼을 심어서는 삼베를 낳고, 누에를
쳐서는 명주를 짜고, 면화로는 무명을 짰다. 어머니는 글을
몰랐고 알려고도 않는 것 같았으니 이것이 미련인지도 모

르거니와 우리 삼남매가 자라난 것은 아버지 재주보다도 어머니 재주라고 나는 믿는다. 그러나 나는 어머니가 어떠한 사람인 것을 아버지가 돌아간 때에 비로소 알았다.

"도경아."

어머니는 대단히 감정적인 음성으로 나를 불렀다.

"왜요?"

나는 이상한 무엇을 기대하는 사람과 같이 눈을 크게 떴다.

"나까지 죽으면 너는 어떻게 하련?"

"어머니가 왜 죽소? 어머니마저 죽으면 우리들은 어떻게 살게."

"아니, 그렇게 되면 말이다. 사람일을 사람이 아니? 엄마가 내일이라도 죽는다면 말야."

나는 어머니가 죽는다는 말을 일부러 못 들은 체 하고 이렇게 말하였다.

"우리 농사해 먹고살아. 내가 낭구도 하고 소도 먹이고 다 할게. 조고마한 지게 하나 걸어 달래서 나도 지게를 지거든. 어머니야 농사 잘하지 않소?"

나는 머릿속으로 내가 지게에 볏단을 지고 소를 끌고 돌아오는 모습을 그리며 말하였다.

"안 돼!"

하고 어머니는 고개를 설레설레 흔들었다.

"왜?"

나는 눈을 크게 떠서 어머니의 눈을 보았다. 어머니의 눈에도 전에 못 보던 빛이 있었다. 그것은 이모의 재치 있는 빛보다도 더 깊고 큰 빛이었다.

"내가 안 죽으면 네가 지게를 지고 소를 몰아야 되는고나. 나마저 죽어야 네가 공부를 하여서 후에 귀히 되지."

하고는 가슴으로 파고드는 젖먹이의 까만 머리를 쓰다듬으면서,

"언년아. 너허구 엄마허구는 아버지 따라가자. 그래야 오빠허구 언니허구 두 애나 잘 살지. 아버지는 혼자만 가시면 외롭지 않아? 그렇지, 언년아?"

하고 또닥또닥 젖먹이의 등을 두드린다. 어머니는 눈도 깜짝 않고 물끄러미 허공을 바라보고 있다. 어머니의 낯빛은 분을 바른 듯이 희어지고 눈은 차차 날카로워진다. 어머니는 가슴에 붙은 언년이를 두 손에 밀어서 떼면서,

"언년아, 어부바."

하였다. 어머니는 젖먹이 누이를 업고 일어나서 띠를 매더니 아버지의 시체 가까이 다가서며 산 사람에게 말하듯,

"나허구 언년이허구 다려가시우. 그리구 도경이허구 간난이허구 오래오래 잘 살게 해 주시우."

하고 한 발을 번쩍 들어서 아버지 시체의 허리를 타고 넘었다. 그러고는 크고 어려운 일을 치른 듯이 한숨을 쉬고 빙그레 웃으면서 날더러,

"이렇게 하면 다려간대."

하였다. 이때 어머니의 눈은 예사롭게 되어 무섭지도 이상하지도 않았다. 그러나 그때에 받은 내 정신의 감동은 형언할 수가 없었다. 더구나 어머니가 그 말대로 소원대로 된 것을 생각하면 세상에 이에서 더한 비창하고 비장한 일이 없을 것 같았다.

그날 밤은 우리 사 모자만이 지냈다. 뒷집 창린이더러 돌고지 일가집에 아버지가 돌아갔다는 기별을 하여 달라고 부탁하였으나, 밤에는 아무도 오지 않았다. 알고 보니 그는 중로(中路)에서 노름을 하다 이튿날 아침에야 기별을 전하였다고 한다. 설사 알았다고 하더라도 아버지의 병이 병이라 아무도 올 사람은 없었을 것이다. 더욱이 재산도 권세도 없으니 무엇을 바라고 오랴. 곡성도 없고 수선거림도 없는 지극히 고요한 초상집이었다.

이튿날은 팔월 추석이다. 돌고지에서는 종조와 당숙을 머리로 여남은 사람이 모여왔다. 내 불쌍한 아버지는 수의도 없이 밀짚 거적에 싸여서 바로 우리 집 대문 밖 밭귀에

묻혔다. 그리고는 우리 사 모자만이 남았다.

어머니는 아무렇지도 않은 듯 언년이를 업고 아버지가 더럽혀 놓고 간 이부자리와 의복을 개울에 가지고 나가서 빨아 가지고 머리까지도 말짱하게 감고 저녁이나 되어 들어왔다. 그리고는 어찔어찔하다고 하며 퇴에 걸터앉았다. 어제까지 궂던 날이 씻은 듯이 맑았다. 마치 요 동안에 약간 기운을 회복하여서 앞에 오는 새 곡경(曲境)을 당해 보라는 것과 같았다. 그러나 이때 우리 집에 온 쉬는 동안은 참으로 짧았다.

어머니는 예사롭게 웃을 때에 웃기까지 하면서 저녁밥을 지어주고 잠자리도 보아주고 젖먹이를 안고 우리들과 같이 누웠다. 나는 그 예사로운 태도에 안심이 되고, 또 며칠 몸과 마음의 타격에 곤하기도 하여서 잠이 들어버렸다.

밤중에 웅성거리는 소리에 깨어 보니 옆에는 어머니가 있지 않고 숙부와 당숙이 상투바람으로 앉아 있었다. 그리고 어머니는 아버지가 운명하던 방에 아버지가 돌아간 때에 깔았던 요를 깔고 그 베개를 베고 빨아 놓은 그 홑이불을 덮고 누워 있었다.

"어머니, 어머니!"

하고 나는 어머니가 누운 곁으로 가서 황황하게 불렀다.

"왜 일어났니? 더 자지. 아직 밝으려면 멀었는데."

어머니는 손을 내밀어서 내 등을 만졌다.

"어머니 왜 이 방에 왔소?"

금방 사람이 죽은 방, 금방 사람이 죽은 자리에 드러누운 것과 언년이를 업고 아버지 시체를 타고 넘은 것과 연결하여서 나는 어머니가 죽을 차비를 한 것으로 생각하였다. 어머니는 다만 한 마디,

"나도 아버지 돌아가시던 병이 들었다. 나는 인제는 못 살아."

할 뿐, 더 말이 없었다.

나는 숙부와 당숙에게 어머니가 언년이를 데리고 아버지를 따라 죽을 결심인 것을 말하였다. 두 아저씨는 말없이 고개를 끄덕끄덕하였다. 어찌할 수 없다는 것 같았다.

이튿날 아침에도 어머니는 안 일어났다. 아버지가 앓던 병이라면서도 구토, 설사도 없고 전근(轉筋)도 없었다. 아프다는 소리도 없이 어머니는 가만히 누워 있었다. 내가 들어가면 눈을 떠서 반가워하는 기색도 없이 물끄러미 바라볼 뿐이었다. 어머니가 누운 지 며칠 만엔가 나는 어머니더러,

"어머니 아무렇지도 않지 않수? 아무데도 아픈 데도 없지 않우?"

하고 물었다. 어머니는 한 손으로 홑이불을 걷어 올려서 다리를 보이면서,

“이거 보렴, 죽으려고 벌써 점을 치지 않았니?”

하고 무릎 밑에 무엇에 다친 것처럼 돈 닢 만한 퍼렇게 된 점을 가리켜 보였다. 어머니가 죽는 점이라니 나도 그런가하고 믿고 무서웠다. 그러나 어머니는 아무렇지도 않은 듯이 도로 이불을 덮고 편안한 눈으로 나를 보았다.

하루 이틀이 지날수록 달라지는 것은 어머니의 음성이 약해지는 것이었다. 어느 날 어머니는 손을 들어 나를 불렀다.

“언년이 다려온.”

하는 것이었다. 나는 언년이를 안고 들어왔다. 이상하게도 언년이는 싫다고 발버둥을 치고 울었다. 어머니가 젖을 먹이려고 했지만, 언년이는 무서운 것이나 본 것처럼 두 팔로 나를 껴안고 낯을 내 품에 묻고서 다른 데로 가자고 몸을 흔들었다.

“그것 봐라. 죽을 사람을 어린애가 안다는 게야.”

어머니는 이렇게 말하고는 눈을 감아버렸다.

이 일이 있은 뒤로 젖먹이는 어머니쪽으로는 고개도 돌리지 않았다. 그리고 영 보채는 일이 없고 내가 하라는 대로 하고 언제나 내게 매달리고 내 곁에 있고 싶어하였다. 잘 때에도 나를 엄마로 생각하고 잤다.

언년이는 우리 형제들 중에는 제일 잘생긴 아이였다. 갸름하고 하얀 판에 눈이 어여쁘고 까만 머리가 귀를 덮었다. 성질은 어머니를 닮아서 무겁고 순하여서 재능은 없었으나 음전하여 모두의 귀염을 받았다. 그러나 내게는 평생에 그가 애끊는 기억이 되었다. 그는 어머니보다 한 해 뒤떨어져서 어머니의 뒤를 따랐다.[5]

어느 날 내가 뒷산에 가서 땔나무를 한 묶음 해 가지고 돌아오니, 어머니는 부엌에 나와서 한 발은 아궁이에 넣고 쓰러져 있었다.

"어머니, 어머니."

하고 나는 울면서 불렀으나 물론 대답이 없었다. 어머니는 대관절 무슨 생각으로 이레 동안이나 꼼짝도 않던 자리에서 일어나서 두 자 높이는 되는 낙수층계를 내려서 부엌 문지방을 넘어 들어왔을까. 부러 죽자는 죽음이지만 죽기 바로 전에 살고 싶은 마음이 났던 것일까. 아니면 무의식중에 저녁을 지으려고 했던 것일까. 영원히 알 수 없는 일이다.

이 날 밤에 어머니는 우리들이 지켜 앉은 속에 자는 듯이 돌아가고 말았다.

이튿날 우리 집 대문 밖에는 가지런히 새 무덤 둘이 놓였

---

5) 춘원의 둘째 누이 애란(愛蘭)은 부모가 죽은 후, 남의 집 민며느리로 보내졌다가 1903년 10월에 이질로 죽었다.

다. 일년 후에 내가 돈 일백 일흔 냥을 구걸하다시피 얻어
서 간략한 면례를 지낼 때까지 두 무덤은 여기 돌아보는 이
도 없이 있었고, 우리가 살던 집은 헐려버렸으니 아마 흉가
라 하여 드는 사람이 없었던 모양이다.

# 6. 여섯째 이야기

나는 무엇 때문에 동경에서 돌아왔는지 모르게 되었다. 잠시라도 모시고 효도를 해보려던 조부는 얼마 되지 않아 돌아가셨고,[6] 그리던 실단이는 시집을 가고 말았다. 게다가 나는 시골에 있는 학교[7]에 교사로 취직하면서 퇴학원을 제출하고 학비를 주마던 곳에도 거절하는 편지를 해버렸다. 국가 흥망이 경각에 달린 때에 제 입신의 영욕을 버리고 동

---

6) 춘원의 조부 이건규는 춘원이 돌아온 지 얼마 되지 않은 1910년 3월에 돌아갔다.

7) 춘원은 1910년 오산학교의 교주 남강 이승훈의 초청으로 이 학교의 교원이 되었다. 1911년에는 남강이 105인 사건으로 구속되자 취임하여 실질적 책임자가 되었고, 1912년에는 생물진화론과 톨스토이 애호가 문제되어 교회와 대립하였으며, 이듬해에는 로버트 목사에 의해 배척당했다.

포를 가르쳐야 한다는 입심 좋은 백선생의 말에 충동을 받은 때문이었다. 남의 말을 거절할 뱃심이 없는 나는 그만 그의 말에 넘어가, 학교와 더불어 운명을 같이 한다는 맹세까지 하게 되었다.

그러나 학교에 취직한 지 한 달이 못되어 조부는 작고하였고, 정작 학교는 재미가 없었다. 학도들이란 것은 내 나이보다 많게는 열 살까지 많았고, 반 수 이상은 세상 경험은 물론이거니와 한학으로 말하면 내게 선생이 될 사람들이어서 정이 붙을 수가 없었다. 그 뿐인가 하면 이름은 중학교라면서 학과는 헌법, 형법, 국제법에다가 천문학, 심리학, 철학개론이 없나, 마치 대학 과정과 마찬가지니 중학을 졸업한 나 따위가 땅 뜀이나 하랴. 아직 학제가 정해지지 못하던 때라 되는 대로 좋은 학과라면 막 집어넣은 것이었다. 내가 맡을 만한 것은 일어뿐이지만 영어, 기하, 대수, 삼각 같은 것도 나밖에는 배워 본 선생이 없었으니 내가 유일한 대가였다.

학교가 이 꼴이니 나는 학교에 정을 못 붙이고 술 먹는 버릇을 배웠다. 조부가 돌아간 것이나, 학교를 중도이폐(中道而廢)한 것이나, 실단이 시집을 간 것이나, 대장부가 시골 구석에 묻힌 것이 모두 술 취하기 좋은 핑계가 되었다.

'아아, 번민이다. 환멸이다. 절망이다! 아아.'

이러한 소리를 하며 술을 마셨다.

나는 술 먹는다는 소문이 명예가 아닌 줄을 알면서도 취하는 때가 많았다.

학교에서 얼마 멀지 않은 곳에 날더러 형님이라고 부르는 친구가 있었다. 그가 내 술벗 중의 하나인데, 그의 아버지와 나의 아버지가 좋은 술벗이었다고 했다. 그는 문서방으로 열 네 살에 호주가 되어 살림을 맡아 했다. 나는 그의 집에 불려가서 그의 아내와 상회례까지 하였는데, 문이 땅딸보인 것과는 반대로 그의 처는 나이도 오 년이나 위이거니와 키도 남편의 갑절이나 되는 것 같았다. 그러면서도 문은 그의 아내에게 대하여서 꽤 전제적이었다. 열여덟 살 먹은 가장과 스물세 살 된 노성한 부인은 참으로 어울리지 않았다.

문은 단 내외요, 어린것도 없었다. 그의 누님이라는 스물댓은 되어 보이는 과부가 있었다. 문의 말을 들으면 그는 열다섯 살 적에 열두 살 먹은 신랑과 혼인하였는데, 장가든지 사흘만에 홍역으로 앓기 시작하여서 칠팔 일 만에 죽었다고 한다.

"우리 누님은 참 불쌍해, 형님."

문은 술을 먹으면 내게 이런 말을 하였다. 나도 문의 말을 듣고 그를 불쌍히 여겼다.

문의 누님은 문과는 판이 달라서 몸이 부얼부얼하고 키크고 후리후리한 편이었다. 미인이라고까지 할 것은 없어도 시골서는 백에 하나라고 할 만은 하였다. 이 형제가 이렇게 모습이 다른 까닭을 나는 얼마 안 가서 알았다. 문의 누님은 적실 소생이요, 문은 첩의 몸에서 난 것이었다. 그러나 문의 생모는 일찍 죽고 문은 적모의 손에서 자랐다.

하루는 상망이라고 문이 일찍이 몸소 학교에 나를 찾아왔다. 아침을 먹으라는 것이었다. 이날 나를 안방으로 인도하였다. 문의 누님이 부엌과 방으로 들락날락하면서 내게 먹을 것을 권하였다. 그는 매우 친숙하게 나를 대하였으나, 나는 이를 정답고 유쾌하게 받아들였다. 외로운 내 신세가 인정에 민감한 것이었다. 그는 몸피와 몸매에 사람의 마음을 끄는 데가 있었다. 포근하고 따뜻한 맛을 풍기는 여인이었다. 실단이를 잃은 나에게는 눈에 차는 여자가 없는 것은 말할 것도 없다. 실단이와 같은 계집애는 이 세상에서 다시는 못 만날 것 같았다. 하지만 실단이를 빼앗긴 적막을 다른 이성의 애정으로 위로 받아야 할 이유도 있다면 있었다.

밥 먹는 동안에 문과 그 누님은 내 혼인 문제를 묻기 시작했다. 내 의향을 떠보고 나서 중매를 하여도 좋다는 기미를 보였다. 특히 문의 누님의 눈치가 그러하였다. 내게는 총각의 수줍음도 있었으나 장가가 들고 싶은 마음도 있었다.

"내 외사촌 동생이 있어요. 나이가 열다섯 살이어서 좀 어리지마는."

내가 학교로 돌아올 시간이 바쁜 것을 아는 누님은 마침내 본 문제를 제출하였다. 열다섯 살이면 어리지마는 웬일인지 나는 첫 말에 귀가 솔깃하였다. 문의 누님의 외사촌이라면 얼굴이나 몸피나 몸매나 다 괜찮을 것 같았다. 또 내 배필로 올 사람이면 그럴 만한 사람일 것이라고 제 분복(分福)을 믿기도 하여서 부쩍 비위가 동하였다. 하지만 나는 그럴 뜻은 비치지 않고 농담 삼아,

"누님 닮았어요, 그 색시가?"

하고 웃었다. 문의 누님은 내 말에 잠깐 낯을 붉히고 고개를 숙였다가,

"왜 저 닮았으면 안 돼요?"

하고 약간 소리를 내어서 웃었다. 나는 실언을 하였다고 부끄러워하였다. 문의 누님은 내 곤경을 벗기려는 듯,

"이뻐요. 바느질도 곧잘하고. 저보다야 똑똑합니다."

하고는 내 눈치에서 호감을 가진 양을 알아본 듯하며, 매우 감동 많은 어성으로,

"근데, 불쌍한 아이야요. 어머니가 돌아가시고 계모 슬하

에서 마음을 못 펴고 자라났어요. 제 외숙이란 이는 안일을 전혀 모르는 대범한 어른이고요. 그래서 어디 좋은 자리에 시집이나 보내주었으면 하고 늘 생각하고 있었어요. 선생님 같으신 분을 남편으로 섬기면 얼마나 좋겠어요. 저도 마음이 턱 놓일 것 같아요."

하고 한숨을 짓는 그의 눈에는 눈물이 고였다. 누님의 그때의 눈은 입으로 빨고 싶게 매력이 있었다. 열다섯 먹었다는 그 색시의 눈도 반드시 저럴 것이라고 생각하고 나는 그 어미 없는 불쌍한 계집애를 내 아내로 삼으리라고 작정하였다.

"형님, 됐소. 이 혼인 합시다. 나하고는 내외종 남매간이 되니 좋지 않소? 안 그렇소, 누님?"

여태껏 잠자코 있던 문은 이렇게 말하고 나와 제 누님의 동의를 구하는 눈을 굴린다.

"그럼, 그렇고 말고. 선생님이 우리 일가가 되시면 어떻게나 든든한 의지가 되겠어요. 우리 남매에게도."

"외롭기로 말하면야, 나 같이 외로운 사람이 또 있겠어요. 조상부모하고 집도 없이 떠돌아다니는 몸이 아니야요? 마음 같아서는 정말 내종 매씨와 곧 혼인이라도 하고 싶어요. 그렇지만 내가 지금 혼인할 처지가 못 돼요. 집 한 간 없는 녀석이 남의 딸을 데려다가 무엇을 먹이게요?"

이렇게 말하고 보니 과연 내 신세가 그랬다. 혼자서야 별 문제지만, 처가족을 데리고 구차한 살림을 하는 것은 내 눈으로 본 아버지의 말년 생활로 보아 지긋지긋한 일이었다. 지금 형편으로 아무리 잘 굴어야 매삭 삼십 원 월급 이상을 바랄 도리는 없었다. 그 돈으로는 겨우 굶어 죽지나 않는 연명 밖에 안 되었다.

"아냐요. 그걸랑 염려 마셔요."

하고 문의 누님은 그런 일이면 지극히 수월하다는 듯이,

"그 애가 가져올 것이 논섬지기가 됩니다. 그 애 어머니가 친정에서 가지고 오신 깃득이 있어요. 그런데 그 아주머니 소생이 그 애밖에 없거든요. 그러니깐 그 땅은 당연히 그 애에게로 올 게야요. 또 제 외가는 그것이 아니라도 볏 백이나 하거든요."

논섬지기라는 말은 의외에 들리는 반가운 말이었다. 나는 우리 집 쇠운 머리에 태어나서 논섬지기란 것을 본 일이 없을 뿐더러 그런 큰 재산을 가지리라는 것을 생념도 못하였다. 열다섯 살 된 처녀와 논섬지기가 함께 굴러 들어온다는 것은 꿈 같았다. 내가 교사 노릇을 평생을 하더라도 그런 재산이 생길 수는 없었다. 그러나 나는 이런 생각에 대해 스스로 부끄러워하지 않을 수도 없었다. 나 자신의 작고 낮음에 대해 반감까지 생겨서,

"그러기로 사내가 처덕 바라겠어요?"

하고 가장 강경하게 부인하였다. 하지만 내 속을 들킬까 하여 내 낯은 활활하였다.

"선생님이야 그렇게 생각하시겠지요. 그렇지만 그 애로 보면 왜 처덕인가요, 제 것이지. 제 것을 제가 가지고 오는데 무엇이 잘못이야요? 안 그래요?"

하고 문의 누님은 방긋 웃었다. 나는 더 앉아 견딜 수가 없어서 학교 시간을 핑계로 말없이 일어나 나왔다.

학교에 오는 길에 이 문제만 생각했다. 내가 허락은 안 했지만, 문 남매는 내가 허락한 것으로 해석해 주기를 바랐다. 그리고 학교에 오니 저절로 마음이 든든하고 강의하는 소리에도 호기가 있었다. 나는 이 말을 누군가에게 하고 싶어서 하학 후에 백선생의 방을 찾아가 혼인문제를 말하였다. 백선생은 나를 이 학교에 있게 한 장본인이었다. 기실은 그가 무슨 말을 하든 간에 그의 말대로 움직일 까닭도 없었지만, 다만 이 좋은 행운을 자랑하고 싶기 때문이었다. 백은 내 말을 듣고,

"허, 천산 땡 잡았네 그랴. 축하하오."

하고 모난 경기 사투리로 커다랗게 말하고는 카이저 수염을 쫑긋거리며 싱글벙글하였다. 이 때 그 말을 듣고 옆방에 있던 박이 허둥거리고 들어왔다.

"어, 거, 잘됐구먼. 그래, 뉘댁 규수와?"

하고 박은 이 지방 사투리를 막 쓴다. 나는 이 두 사람이 남의 엄숙한 문제로 놀림거리를 삼는 것이 불쾌하였으나, 그래도 물어주는 것이 기뻐서,

"박선생은 잘 아시지, 저 말이우 김정언의 손녀라나요?"

"그럼, 저 시라소니 김진사의 딸이로구먼."

하고 대단히 못마땅한 듯이 혀를 찬다.

"무어? 시라소니 김진사?"

하고 백이 눈을 크게 뜬다.

"응, 시라소니 김진사라고 있지. 그 아버지의 별명이 갈범 김정언이거든. 호랑이 새끼 못난 것을 시라소니라고 안 하나. 술을 먹으면 에데데데하고 침을 질질 흘리고 못난 꼴을 한단 말야. 그래도 속에는 욕심이 그뜩 차서 당길 심은 있거든. 에, 여봐, 그만 두어. 그놈의 집과 혼인이 무슨 혼인이야."

하고 분함을 못 이기는 듯 두 볼을 불룩거린다. 박의 말에 매우 실망하였다. 비록 반미치광이라는 박이지만 그 대신에 속에 있는 대로 말하는 사람이다.

나는 염려가 되어서 역시 학교 직원 중에 하나인 족형 윤경을 보고 의논하였다. 그는 박이 말한 것이 꼭 사실은 아니라고 말하면서,

“글쎄, 전 세월로 말하면야 김진사 집이 선생네 댁만 못하지, 그러기로 혼인 못할 거야 무어 있나. 하지만 그리 급히 서둘 건 없지. 또 선생은 초상 상젠데 어느새 혼인은 무슨 혼인이요?”

나는 윤경 형의 의사를 잘 알았다. 그의 품격상 김진사를 깎아 말하지는 아니하나 에둘러서 이 혼인이 맞지 않다는 뜻을 표시하는 것이었다. 나는 번민이 일어났다. 다들 좋지 않다고 하는데도 단념할 수가 없는 것이었다. 인과응보의 바퀴는 열 바리 황소의 힘으로도 막아낼 수는 없었다. 나는 한껏 꺼림칙하면서도 김정언의 손녀와 혼인하는 길로 한 걸음 한 걸음 끌려 들어갔다.


유월 무더운 어느 날 저녁때에 문은 꾀꼬리 날개 같은 북포 상복을 입고 방갓을 쓰고 학교로 찾아왔다.

“형님 어디 좀 갑시다.”

“어디?”

“글쎄, 차리고 나서우. 소풍이나 갑시다.”

문의 말에 나는 대강 눈치를 채고 흰 여름 양복에 백고자를 쓰고 나섰다. 학교 문밖에 나서니 거기는 문의 누님이 눈같이 하얀 모시 치마 적삼을 입고 흰 댕기드린 까만 머리를 곱게 빗고 기다리고 있었다.

"그런데 어디로 가는 게야?"

"내 외숙이 형님을 좀 만나자고 하시는구려. 언간하면 형님을 찾아올 것인데 동풍이 되어서 출입을 못한다고 날더러 형님을 좀 같이 오라고 그러시니 갑시다. 뭐, 못 갈 덴가. 문병 삼아 갑시다."

나는 싱거운 걸음이라고 생각은 하면서도 뿌리칠 용기도 없고, 또 한 끝으로는 호기심도 있어서,

"거 어디, 꼼짝 못하게 말씀들을 하시는구면."

하고 따라 나섰다.

김진사는 사랑에 누워있었다. 제법 좋은 사랑이었으나, 아랫목에 누운 김진사는 과연 시라소니라는 별명을 들을 만하였다. 오래 누워 있어서 머리는 이마와 귀밑에 흘러내리고 입술 두텁고 큰 입은 헤벌어져서 침이 흘러 내렸다. 윤곽이 분명치 못한 눈하며 개기름이 흐르는 얼굴하며 하나도 마음 끄는 구석은 없었다. 그는 내가 들어오는 것을 보고 남더러 일으켜 달라서 일어나 앉았다. 문을 따라 나도 절을 하였다.

그는 내게 대해 반갑다고 말하며, 내가 어렸을 적에 아버지와 같이 자기 집에 왔었다는 것과 다음에는 자기 병이 중하여서 살아나기 어려우니, 자기가 죽으면 집일을 돌아볼 사람이 없다고 말했다. 아들이라고 이제 여덟 살 먹은 것이

있으나 변변치 못하다며 유언하는 모양으로,

"내 집을 돌아보아 다오."

하고 해라로 명령을 하고 내 손을 잡았다.

"딸년이 미거해."

하고 내게는 대답할 새도 아니 주고 어눌한 말로 혼자 다 결정해 버리고는 씨근씨근 숨이 차서 쓰러지듯이 누워버리고 만다. 그가 하는 짓이 뚱딴지요, 어색은 하지마는 그 속에 비창한 인정도 있고, 성의도 있어서 그가 결코 박선생이 말하는 것과 같은 시라소니는 아니라고 생각하였다.

나는 저녁을 사양하고 길을 나섰다. 그의 딸이라는 처녀를 한번 보고 싶었으나 차마 그 말은 내지 못하였다. 내가 나올 때에 대문 밖에 여편네들이 사오 인이나 나와 섰는 것을 언뜻 보았다. 내 선을 보는 것이로구나 하였다.

이리하여 마침내 그 더운 칠월에 부랴부랴 혼인을 하여 버렸다. 김의 집에서는 가장이 죽기 전에 하자는 것이었다. 내가 상중에 장가드는 데 대하여서는 예문에 대가라는 내 사종숙이,

"당장 제사를 받들 총부(冢婦)가 없으니 거상 중에 친영을 하여도 권의로 용서될 것이다."

하는 해석으로 해결이 되고, 또 혼인 삼일 간 길복을 입어도 좋다는 해석도 얻었다.

학교에서는 나를 위해 작은 집 하나를 사고 거기다가 소꿉장난 같은 살림을 차려놓았다. 내게 있어서 모두 신이 아니 나는 일이었다. 아내도 맘에 안 들고 집도 맘에 안 들고 세상이 모두 심상하기만 하였다.

우리 집이란 것은 동네에서 좀 새 뜨게 떨어져 있는 안채가 삼 칸, 앞채가 삼 칸으로 된 두이 자 집으로, 안채에는 부엌이 한 칸, 방이 두 칸이요, 앞채라는 것은 광이 한 칸, 헛간 이 칸인데 그 중에 한 칸은 대문간으로 겸용이 되고, 좌우로 터진 데는 수수깡 바자에 짚으로 뜸을 두른 것이어서 그것을 합하면 입구 자 집이었다. 뒤꼍은 산비탈이었다. 인근 수백 호 가난한 농가 중에도 가장 작기로 한 둘을 다 툴 집이었다.

대장부 뜻을 도에 두거나 천하 국가에 두매 집이야 염두에 둘 바 아니라고 하루에도 몇 번씩 큰소리를 해보아도 내 속마음은 고개를 흔들고 세상에 대하여서도 면목이 없었다. 그렇더라도 정드는 애인과 같이라면 재미도 있으려니와, 첫날에 벌써 내 눈 밖에 난 어린 아내를 보러 학교에서 돌아오는 걸음은 죽으러 가는 소의 걸음과 같이 무거웠다.

나는 아내를 사랑하려고 애써도 보고 사랑을 못할 바에는 불쌍하나 여기려고도 애를 써 보았다. 그러나 애정을 억지로 짜내려고 아내를 껴안으면 실단의 어여쁜 모양이 나타나고 불쌍한 동정을 짜내려 하면 불쌍한 것은 내요, 그가 아닌 것 같았다. 나는 집에 오기가 싫었다. 하나 위로가 되는 것은 문의 누님이 가끔 오는 것이었다. 학교에서 돌아와서 문의 누님의 신발이 놓였으면 기뻤다. 나는 학교 일에 몸을 고단하게 하여서 가정의 불만은 잊으려고 애를 썼다. 동네 남녀를 모아 놓고 야학도 하고 예배당에도 열심으로 다녔다.

한 겨울 이 모양으로 힘쓴 효과는 났다. 학교에서는 내가 대단히 신용과 존경을 받는 인물이 되고 교회에서도 그러하였다. 동네의 회와 야학에서는 물론 내가 중심인물이 되었다. 나 자신으로 보더라도 나는 변하였다. 나는 술을 끊고 담배를 끊고 서생식인 아무렇게나 날치는 것을 버리고 말이나 걸음걸이가 무거워졌다. 이것은 내 마음이 괴롭고 적막한 까닭도 있으나, 내가 의식적으로 인생의 향락을 단념하고 나라를 위하여, 세상을 위하여 살리라 하고 마음먹었기 때문이었다.

경술, 팔월 이십 구일이 내게도 큰 충격이 된 것은 말할 것도 없다. 나는 많은 슬픈 노래와 시를 지어 학생들에게 보였다. 그 노래들은 우리 학교에서뿐 아니라 다른 데도 널리 퍼졌다. 이것도 이 지방에 내 명예를 높인 한 원인이 되었다. 그러나 열아홉, 스무 살의 소년인 나로서는 지사(志

士)적인 생활만으로는 만족할 수 없는 무엇이 있었다. 그것은 불타는 애욕이었다. 사랑하고 싶고 사랑 받고 싶은 욕심이었다. 내 아내는 이에 대해 다만 만족을 주지 못할 뿐 아니라, 더욱더욱 내 애욕으로 하여금 배고프고 목마르게 하는 것이었다.

내 아내가 어디가 병신이라든가, 특별히 못난 여자여서 그런 것도 아니다. 그는 물론 환하게 잘 생겼다거나, 아기자기하다거나 그러한 여자는 아니로되 보통은 가는 수수한 여자였다. 나는 가끔 그가 바느질을 하거나 할 때 물끄러미 바라보는 일이 있었다. 그의 머리에서부터 발끝까지 요모조모 뜯어보고 합쳐 보아서 정 붙는 구석을 찾아보려고 힘을 썼으나 번번이 실패하였다. 나는 그러한 때마다 이렇게 한탄하였다.

'저도 다른 남자에게 아내로 갔더라면 사랑을 받을 수 있을 것을. 나로는 아무리 하여도 사랑할 수가 없다.'

그러나 별 수 없었다. 좋으나 궂으나 이 모양으로 살아가노라면 어찌어찌 아들, 딸도 날 것이요, 그러는 동안에 늙어서 죽으면 고만이라고 생각할 수밖에 없었다.


첫 여름 어느 날 나는 학생들을 데리고 ○○산성에 원족(遠足)을 갔다가 비를 함빡 맞고 어둡게야 집으로 돌아왔다.

젖은 옷에 몸은 얼어 들어오고 시장은 하고 다리는 아프고 다 죽게 되어서 사립문을 들어섰다. 그런데 내 기침 소리에 문을 열고 나오는 것은 뜻밖에도 문의 누님이었다.

"아이, 함빡 젖으셨군요."

하고 문의 누님은 무심히 하는 모양으로 내 등을 손으로 만졌다.

"들어가셔요. 발 씻으실 물 떠다 드릴게."

하고 그는 대야를 들고 부엌으로 갔다. 방안에는 아내가 없었다.

"어디 갔어요?"

나는 이렇게 물을 흥미는 없었지만 의리를 느낀 것이었다.

"마라우 아저씨가 갑자기 병환이 더쳤다고 기별이 와서 그 애가 갔답니다."

문의 누님은 이렇게 말하면서 놋대야에 뜨뜻한 물을 떠 들고 들어왔다.

"어떻게 더운물이 있던가요?"

나는 아내로는 못할 일이다 하고 물었다.

"발 씻으실 물이라고 데워 놓았더니 다 식었어요."

하고 그는 장을 열고 내가 갈아입을 옷들을 내고 있었다. 평생에 남편을 받들어 보지 못한 그는 이렇게 물을 데워 놓고, 저녁상을 차려 놓고, 갈아입을 옷을 꺼내는 것이 아마 처음일 것이요, 또 생각이 많을 것이라고 생각하니 그의 정경이 퍽 가련하였다.

그는 내가 세수하고 발 씻는 것이 끝나는 것을 보고는 대야를 들고 밖으로 나갔다. 나는 그 동안에 젖은 옷을 벗고 문의 누님이 차례차례 주워 입기 좋게 내어 놓은 옷을 갈아입고 막 대님을 칠 때에 새 물 한 대야를 떠 가지고 들어왔다.

"손 씻으세요."

하고는 문 밖에 지키고 서 있다.

나는 그가 하라는 대로 손을 씻었다. 문의 누님은 다시 대야를 들고 나가더니 이번에는 밥상을 들고 들어오고 찌개 놓인 화로를 들고 들어왔다. 화로에는 찌개 뚝배기말고 작은 갱기 하나가 놓여 있었다. 그것은 까무스름한 청주였다.

"약주 한 잔 잡수셔요. 아버지 생일 제주 뜨고 남은 것이야요. 비를 맞은 때에 한 잔 잡수시는 게 약이 된대요. 아까 오라비가 가지고 와서 한참이나 기다리다가 갔는데 비가 그치면 또 온대요."

하고 권한다. 으스스한 것과 권하는 정성도 정성이려니와 술 빛이 깊은 유혹을 주었다. 문의 아버지가 평생에 호

강하는 생활을 하기 때문에 술과 음식 솜씨가 있었다. 아내의 솜씨와 달라서 반찬도 모두 맛이 있었다. 상을 물릴 때는 공복에, 또 오래간만에 먹은 술이라 얼근하게 취하여 올라왔다. 부엌에서는 설거지하는 소리가 들렸다. 밖에서는 쫙쫙 비가 쏟아지는 소리가 들렸다. 나는 이상하게 마음이 설레는 것을 깨달았다.

부엌에서는 설거지가 끝난 모양이나, 문의 누님은 들어오지 않았다. 나는 이 밤에 생길 수 있는 한 장면이 눈앞에 떠오르는 것을 여러 번 고개를 흔들어서 지워버렸다.

'내가 무슨 말을 해야 한다. 들어오라고 하자.'

이렇게 속마음으로 연습을 해 가지고 가장 점잖은 음성으로,

"무얼 하여요? 어디 가셨어요?"

하고 부엌으로 통한 샛문 쪽을 향해 불렀다.

"네, 인제 들어가요."

하고 마치 잊어버렸다가 생각난 듯이 씻금질하는 물소리를 내었다.

내 마음은 점점 평형을 잃고 줏대를 잃었다. 여린 신앙과 도덕의 북두는 끊어지고 수컷 짐승이 다된 듯하였다. 내 눈앞에 문의 누님이 번뜻하기만 하면 사자가 아롱말을 덮치는 모양으로 덮칠 것 같았다. 잠깐 더 시간이 지나는 동안

에 나는 그렇게 하는 것이 남아의 용기요, 자아에 충실한 것이라는 철학적 해석까지 하게 되었다.

'그렇다. 모든 허위를 버리자. 바이런도 쾌락의 일순은 고통의 천 년보다 낫다고 하지 않았던가.'

그 뿐이 아니었다. 그렇게 하는 것이 도리어 문의 누님에 대한 자비심이라고까지 생각하였다. 이렇게 생각하니 아까 산성에서 산에 오를 때보다 더욱 숨이 가빴다.

문의 누님이 자리끼를 대접에 받쳐들고 들어왔다. 들어와서 내 모양을 힐끗 보고는 자리끼를 놓고,

"자리를 깔아 드릴게 일어나셔요."

하고 장롱 위에 쌓아 놓은 자리를 내렸다. 문의 누님은 우리들 애정 없는 부부가 이따금 쓰디쓴 잠자리를 같이 하는 요를 깔고 이불을 펴고 베개를 놓고 일어섰다. 나는 그의 몸의 곡선이 움직이는 양을 탐스러이 보고 서 있었다.

문의 누님은 아무쪼록 내 시선을 피하면서,

"자, 곤하게 주무셔요. 나도 웃간에서 잘 테야요."

하고 웃간으로 올라가서 샛장지를 꼭 닫는다.

나는 불현듯 부끄러워졌다. 지금까지 가졌던 생각이 무슨 더러운 생각이냐. 저 여자는 교육도 없는 젊은 과부라도 저렇게 마음이 굳굳하지 않으냐. 나는 쥐구멍으로 들어가고 싶었다. 제가 싫어지고 미워졌다.

“거기 자리가 있으니 깔고 주무셔요.”

하는 나의 말은 예사로운 점잖은 말이었다. 나는 번뇌와 수치가 뒤섞인 잡념 망상으로 오래 잠을 못 이루었으나 마침내 잠이 들었다.

아침에 일어나니 목이 좀 아프고 머리도 띵함을 느꼈다. 감기인가 하였다. 또 간밤 일을 생각하면 입맛이 쓰고 이제 문의 누님을 대할 것이 면구하였다. 그는 필시 내 눈치에서 내 더러운 속을 다 들여다보았을 것이라고 생각하였다. 나는 일어날 생각도 않고 누워서 간밤 일을 생각하고 또 생각하였다. 뉘우침과 무안함이 가슴에 그뜩 차면서도, 한편 구석에는 그 기억이 달콤하기도 하고 절호한 기회를 놓친 것이 아깝기도 하였다. 또 아직 덕의 힘이 서지 못한 것을 한탄하였다.

그러나 그 달콤한 생각이란 대체 무엇인고? 시인과 소설가들 중에 그것이 끔찍이 좋은 것인 것처럼 말하는 이도 있었다. 그것을 사랑이라고 이름지어서 사랑을 위하여서는 집도 명예도 목숨도 희생하는 주인공을 용기 있는 자라고 찬양한 것조차 있었다. 마치 문학은 도덕을 반항하는 것을 큰 옳은 일로 아는 것 같았다. 구라파의 로맨티시즘이 의리 있는 남녀의 사랑을 찬양하는 데 대하여서 자연주의 문학의 대부분은 불의의 남녀간의 사랑을 즐겨서 묘사하고 찬

양하였다. 이것을 자유요 해방이라고 일컬었다. 내 속에도 자연주의와 이른바 이상주의가 동거(同居)하고 있었다. 이 두 가지는 마치 끝없는 내란과 같아서 갈수록 황폐할 뿐이었다. 둘 중에 하나를 취하고 하나를 버리지 않으면 안 되었다. 그러나 어린 나에게 그만한 힘이 없었다.

'아아 나는 괴로운 자로다.'

하는 바울의 한탄을 나는 장한 듯이 흉내내었다.


밤사이 그렇게도 서두르던 풍우도 지나가고 창에는 햇볕이 쏘았다. 뒷산에서 새소리가 들렸다. 나는 벌떡 일어나 길게 기지개를 켜고 옷을 갈아입었다. 학교에 갔으나 다른 교원들이 내 눈이 붉다고, 열이 있나보다고 했다. 그러나 나는 맡은 시간을 다하였다.

"천산, 안됐소. 어서 가서 누우시오."

하고 백이 나를 보고 걱정하였다. 나는 무거운 몸과 괴로운 마음을 안고 집으로 돌아왔다. 오전 중에는 그렇게 청청하게 맑던 하늘이 오후가 되면서 흐리기 시작하더니 저녁 때에는 나무가 소리를 내고 흔들리도록 바람이 불었다. 그 바람이 등으로 가슴으로 팔목으로 스며들어와 몸에 쪽쪽 소름이 끼치고 제 입김이 뜨거움을 느낄 수 있었다. 호흡기가 약하여 급성 기관지염을 가끔 앓는 나는 또 그것이나 아닌가 하였다.

　집에는 문의 누님이 있었다. 나는 그를 대하기가 부끄러웠으나,

　"나 좀 누워야겠어요."

　하고는 두루마기를 벗고 쓰러졌다. 문의 누님은 자리를 깔아주면서,

　"어저께 비를 맞으셔서."

　하고 걱정해 주었다. 나는 저녁도 먹는 둥 마는 둥 자리에 누워서 사오 일 동안이나 신열이 높아서 중통하였다. 백이 문병을 왔다가 약을 지어 보내었다. 나는 백의 처방을 믿지는 아니하면서도 달여먹었다. 내가 앓는 동안에 문의 누님은 참으로 정성으로 간호해 주었다. 중병이란 것이 모든 장벽을 깨뜨린 것이었다. 그는 친동기와 같이 허물없이 내 몸을 만지고 내 베개를 고쳐 주었다. 나는 그것이 기뻤다. 밤중에 깨어 보면 내 곁에 그가 쓰러져서 잠이 들어 있는 일도 있었다. 그도 나를 정답게 생각하고 있다고 나는 판단하였다. 그리고 훌륭한 아내가 될 사람인데 혼자 사는 것이 아깝다고 생각하였다. 솔직하게 말하면 나는 그와 살고 싶었다. 그를 아내로 하고 살 양이면 행복되리라고 생각하였다.

　그러나 앓는 사람은 마음이 깨끗하여진다. 나는 문의 누

님에게 중매를 하고 싶은 생각이 들었다. 백이 작년에 상배(喪配)를 하여서 홀아비였다. 나는 그를 좋아하지 않으나 남편감으로 괜찮다고 보았다. 열이 내리고 방안에서 일어나 앉을 수가 있게 되었을 무렵, 백이 찾아왔다. 문의 누님은 일어나서 웃방으로 올라갔다. 백의 눈은 그의 뒷모양을 따랐다.

"살아나셨구만 그래"

"학교엔 아무 일 없나요?"

하고 나는 백의 입에서 궂은 소리가 나오기 전에 화두를 돌렸다.

"별 일 없어. 밤낮 일(日) 헌병이 성가시게 오는 게야 언제나 마찬가지지. 읍내에서 또 사오 인 붙들려 간 모양인데, 그러기로 우리들이야 어떨라고? 그러나 저러나 나는 갈라오. 모두 구찮고, 가서 구멍가게라도 벌리고 앉아서 세상을 모르는 것이 편안하지."

"가시다니. 백선생이 가시면 학교는 어떻게 하고요?"

"무어. 인제는 천산이 자리를 잡으셨거든. 처음에는 천산의 거취가 의심되어 안심이 안 되었소. 하지만 인제는 천산을 절대 신임해. 천산의 학식과 인격과 열의를 신임한다는 말이오. 그리고 무엇보다 법학이니 천문학이니 다 집어치우고 아주 순전한 중학교로 개편하자는 천산의 학제 개혁

안이 옳다는 것을 모두 승인했어. 이 교주도 쾌히 승낙하는 답장이 왔으니, 인제는 실시만 남았거든. 난 천산의 심부름 꾼이 될 테니 학교는 천산이 맡으시오.”

나는 백의 말에 놀라기도 하였지만, 내 주장이 통과되고 신임 받는 것이 기뻤다. 하지만 구멍가게를 한다느니, 심부 름꾼을 한다느니 하는 그의 진의를 알 수가 없었다.

백이 간 뒤에 나는 문의 누님과 마주 앉은 기회에 이렇게 말을 해 보았다.

“아까 왔던 이는 백선생이라는 이야요. 본래 서울 사람인 데 작년에 상처를 했어요. 전실 아이로는 계집애가 하나 있 을 뿐이라오.”

“네.”

하고 문의 누님은 어리둥절한 눈으로 나를 물끄러미 보 면서 힘없이 대답하였다.

“무척 사람이 걸걸하지요. 사내다워요.”

“네에.”

문의 누님은 싱거운 소리도 한다는 듯이 일어 나간다. 나 는 다소 무안함을 느꼈다. 내 말 눈치를 알아차리고 노한 것이나 아닌가. 남의 수절과부 앞에서 사내 이야기를 하는 것이 실례였던 것 같았다.

저녁때에 문이 낙지 한 코와 소주 한 병을 들고 찾아 왔다. 벌써 전작이 있어서 얼근하였다. 이제 겨우 열아홉 살의 소년이면서 중년 선비의 태를 부리는 그였다.

"낙지 장수를 만났길래 형님생각이 나서 술을 한 병 사 가지고 왔소."

하면서 죽엽을 그린 사기 술병을 제 귓가에 흔들어 본다.

"누님, 이 낙지로 안주 좀 만드슈. 슬쩍 데쳐서 초고추장에 먹으면 괜찮아."

하고 떠드는 양이 매우 유쾌한 모양이다.

"그래. 어디서 오는 길야? 무슨 좋은 일이 있나보네그려?"

"좋은 일? 하, 형님도 내야 도처 춘풍이지, 무슨 걱정이 있소? 주머니는 묵직하겠다. 술이 있것다. 때는 진달화초 만발하는 봄철이것다. 글쎄 무슨 걱정이요?"

"그러기로 하고한 날 그렇게 놀고 어떻게 할 작정인가. 게다가 놀음까지 하고."

"그럼 무얼 하우? 나 같은 놈이 이제 형님 모양으로 공부를 하겠소? 안 배운 농사를 하겠소? 노름빚에 땅 팔고, 빚 갚고 남은 건 술 먹고, 이 모양으로 살다가 가는 데까지 갈밖에."

하고 고개를 숙여서 때묻고 꼬깃꼬깃한 서양목 두루마기와 버선을 만지면서,

"이게 사흘 입은 게 이 꼴이구려. 그놈의 석유 등잔을 켜

놓고 연일 밤을 새우니 안 그럴 게요? 형, 인제 요 꼴에다가 노닥노닥한 누더기를 입고 바가지를 옆에 꿰어차고, 남의 집 문전에 서서 거지 동냥 왔습니다, 뿜빠뿜빠 하고 장타령을 한다? 하하하하."

"여보게 고만 두게."

하고 정색하였다.

"왜요? 형님은 내가 부랑자로 보이시오? 바로 보셨소. 형님이 바로 보셨어. 그렇지만 대장부는 본래 부랑자거든. 형님 같은 이는 졸자고, 옹졸하고 용렬한 선비란 말야. 안 그렇소, 형님?"

하고 문은 고개 젖히고 뽐낸다.

"그래."

하고 픽 웃었다. 과연 그렇다고 생각하였다.

"그러니까 말야. 형님은 좀 파겁을 해야 된단 말요. 형님은 나를 훈계하려고 하시지마는 형님이 내 훈계부터 먼저 받으슈."

이 때 낙지도 잔도 들어왔다.

"자, 한 잔."

하고 문은 주발 뚜껑에 그뜩 부은 것을 내게 권하였다. 나는 사양하였다.

"아따, 그 용렬한 것 좀 떼라는데 그러시는구려. 어서 죽들이켜요. 그리 주접떠시지 말고."

　이렇게 먹기를 몇 순배를 하니 술이 화끈 낯에 오르고 정신이 흐릿하였다. 실언을 아니하리라고 입에 자갈을 물렸으나 그래도 차차 말이 헤퍼지고 웃음소리가 커짐을 깨달았다. 내가 이렇게 되는 것을 보고 문은 만족한 듯이 웃었다. 그러면서 누님을 불렀다. 나는 얼근히 취한 김에 문의 누님이 눈앞에 있기를 바랐다. 차차 마음을 싸고 비끄러 매었던 무엇이 슬슬 풀림을 느꼈다. 문의 누님은 앞치마에 손을 씻으면서 들어왔다.

　"누님, 이거 한 잔 잡수슈."

　"아이, 망측해라. 내가 술이 무슨 술이냐."

　문의 누님은 사양했지만, 우리의 성화로 기어코 그 잔을 다 먹고야 말았다.

　"형님, 이거 술이 부족하구려. 내 한 병 더 사 가지고 오리다. 춘관은 몇 날이니 마시고 밤을 새웁시다."

　하고 병을 들고 비틀거리며 일어선다. 저녁상이나 받고 집으로 가라고 해도 취한 그는 듣지 않았다. 나는 그를 근심하였으나, 한편으로 오늘의 향락에서 인생의 값을 찾는 그가 부럽기도 하였다. 나는 저녁상을 받았으나 밥에는 마음이 없었다. 허공에 둥실둥실 뜬 듯한 정신상태였다. 내 눈에는 혹은 정면으로 혹은 곁눈으로 문의 누님만이 보였다. 소주는 나의 양심을 마비시켰다.

나는 나를 누르기가 심히 어려움을 느꼈다. 그것은 실단에게 대한 것과 달리 아주 동물적인 것이었다. 나는 술과 번뇌로 불같이 뜨거워진 한숨을 토하였다. 문의 누님은 뜬 숯불에 내 옷을 다리고 있었다. 내일부터는 내가 학교에 가기 때문이었다. 내가 앓는 동안에 그는 내 옷 한 벌을 빨아서 지었다. 나는 그가 반쯤 몸을 굽히고 다리미를 밀었다 당기었다 하는 것을 바라보고 있었다. 그의 얼굴이 모으로 보이고 통통한 하얀 목이 옥으로 깎은 듯이 탐스러웠다. 어떤 기회에는 짧은 저고리 뒷자락 밑으로 하얀 허리의 살이 불 그림자의 어두움 속에 번뜻번뜻하였다. 내 양심은 앞에 닥쳐오는 쓴잔을 면하려고 애처롭고 가냘픈 애를 써 보았으나 그것은 단 쇠 위에 떨어지는 눈송이와 같았다.

더군다나 문이 가져온 독한 곧소주는 나를 죄악의 구렁텅이로 쓸어 넣는 데 큰 도움이 되었다. 문의 누님은 점잖은 여자로서 육례를 갖추지 않은 남자의 요구에 대하여 반항할 수 있는 절차는 다 하였으나, 그도 사람이요, 젊은 여자요, 또 과부였다. 마침내 나는 그를 나의 정욕의 독한 이빨로 씹어버렸다. 이리하여 나는 악인의 적에 등록이 되고 양심의 옥합을 깨뜨린 사람이 되었다. 이것이 내 소년 시대의 입맛 쓴 끝이었다.

# II

## 스무 살 고개

스무 살 고개는 젊은이 고개
흰 안개 붉은 노을 머흐는 고개
사랑의 성공의 슬픔의 기쁨의
봉오리 봉오리 넘보는 고개

# 서 문*

　누구나 제 일생을 돌아보면 스무 살 고개처럼 중요한 시기는 없을 것이다.

　이 때는 소년에서 청년으로 넘어가는 고개다. 성생활을 비롯하여, 가정, 사업, 명예에 대한 야심도 불 같이 일어나고, 그러면서도 힘과 경험이 부족하여서 실패도 많은 때다. 이 때에 세운 큰 뜻이 일생을 가는 동시에 이 때에 받은 실패와 타격이 또한 그의 전도를 흐리게 하는 수도 많다.

　이러한 시기에 좋은 환경, 특히 믿을 만하고 힘있는 지도자 밑에서 순탄한 길을 가는 사람은 행복된 삶이다. 그러한 사람에게는 청춘은 꽃동산일 것이다. 그의 현재에는 질탕

*1948년 생활사(生活社)에서 간행된 「스무살 고개」의 서문

한 즐거움이 있고 미래에는 무궁한 희망이 있다. 공부나 하고 운동이나 하고 연애나 하고 꿈이나 꾸고, 그에게는 현실의 쓰고 쓰린 맛은 없는 것이다. 그러나 부모도 집도 재산도 없는 고아인 '나'에게는 그러한 꽃동산은 없었다. '나'는 에덴에서 쫓겨난 알몸뚱이였다.

그에게는 사랑도 없고 편안도 없었다. 그러면서도, 아마 그러하기 때문에 그는 남달리 사랑을 구하고 행복을 그리워하였다. 마치 거지가 남의 집 문으로 풍겨나오는 맛나는 음식 냄새를 부러워하듯이 그는 이 대문 저 대문으로 흘러나오는 사랑과 행복의 웃음소리에 귀를 기울였다.

불행한 사람은 그 일가 친척 친지까지 불행한 것이다. 같은 인연의 중생인 때문이다. 그는 사랑과 행복의 웃음을 구경이라도 하려고 이 집 저 집 찾아 다녔으나 가는 곳마다 있는 것은 불행뿐이었다. 그는 인간 세상을 저주할 만도 하였다. 더구나 그가 하는 일에는 반드시 방해가 들어왔다. 그가 잘하노라고 한 일은 언제나 세상에서는 반대로 해석되었다. 그가 호의를 베푼 자는 그의 적이 되었다.

이에 그는 종교적 신앙에서 편히 쉬일 자리를 구하려 하였으나 그것도 쉬운 일은 아니었다. 첫째는 잘 믿어지지를 않고 둘째로는 남이 믿는 모양으로 믿어지지를 않았다. 그가 타고 난 천품은 남들이 가는 길을 순순히 따라가기를 싫어하였다. 지혜도 없으면서 진리를 찾으려 들고 힘도 없으면서도 제 멋대로 살아가려 하였다. 이렇기 때문에 그는 가는 곳마다 환영을 못 받았다.

이러한 남자의 스무 살 고개를 그린 것이 이 책이다. 이러한 젊은 사람이 장차 어떤 모양으로 발전될 것인고. 제 깐에는 잘난 체하고 진리대로 행하는 그의 앞길은 언제나 가시밭이었다. '나'는 이런 사람의 일생의 실패와 오뇌의 기록이 될 것이다.

스무 살 고개는 아직 인생의 정말 전쟁에 들어선 데는 아니다. 이제 겨우 피비린내 나는 전장이 바라보이는 고개다.

'나'는 이제 스무 살 고개를 넘어서 청춘의 본 무대에 들어가려는 것이다. 정말 찌르고 찔리고 하는 싸움판에 몸을 던지려는 것이다. '나'라는 사람이 스무 살 고개에서도 몸에 몇 군데 피가 흘렀으나 그것은 유탄에 맞은 상처다. 아직 약과다. 그러나 이 스무 살 고개에서 겪은 다소의 고락이 또한 그대로 인생의 현실이 아닌 것이 아니다. 아직 순진하고 민감한 '나'에게는 스무 살 고개에서 일어난 모든 사건, 만난 모든 사람이 다 씻으랴 씻을 수 없는 무슨 깊은 낙인을 찍는 자들이었다. 혹은 무슨 가르침을 주고 혹은 무슨 부탁을 하고 지나가는 무리였다.

누구는 스무 살 고개를 안 넘어온 늙은이 있나? 나는 그

들에게 이 글을 부친다. '당신네는 어떠하였소?' 하고. 또
스무 살 고개를 갓 넘은 이, 방금 스무 살 고개에 서 있는
벗들에게 이 한 편을 편지로 보낸다. '당신네는 안 그렇소?
나는 이렇소.' 하고.

1948. 추석 며칠 전
서울 경복궁 옆에서

# 1. 스무 살 안팎

실단에 대한 실연과 문의 누님에 대한 불의의 관계는 내 정신에 큰 타격을 주었다. 초년 고생이 끝나고 이로부터 앞으로는 순풍에 돛을 단 듯이 만사가 형통할 줄 알았다. 그러나 문의 누님과의 단 한 번의 실수가 이처럼 내 혼에 큰 생채기를 낸 줄은 몰랐다. 하물며 그 때문에 생긴 내 혼의 검은 점이 날이 갈수록 자라서 마침내 내 혼 전체를 꺼멓게 썩힐 큰 병이 되리라고는 꿈도 못 꾸었다.

아내는 장인의 초종(初終)을 치르고 돌아왔다. 그는 흰 댕기를 들이고 깃것을 입었다. 그는 매우 초췌하였다. 차차 이야기를 들어 보니 그가 초췌한 것은 다만 그 아버지의 임종 때문만이 아니었다. 유산 때문에 계모와 다툼이 있었던 것이다. 그녀는 강경하게 아버지의 유언에 대한 제 권리를 주장하였던 모양이다. 그래서 마침내 논 열닷 마지기, 밭 사흘갈이를 떼어내었다는 것이다. 아내는 자랑하는 듯이 그 문서 축을 내게 보였다.

"그까짓 건 무얼 받아와."

하고 나는 대수롭지 아니한 듯이 툭 쏘았으나, 이것은 내 처지에는 매우 큰 재산이었다. 그러므로 속으로 좋은 생각이 없지도 않았으나, 한편으로 그러한 생각이 일어나는 것을 불쾌하게 여기려고 힘을 썼다. 또 한편 생각하면 아내가 가련도 하였다. 나 같은 남편하고 먹고살겠다고 어린것이 갖은 수단을 다 써서 이 만한 전토를 얻어 온 것이 가엾기 짝이 없었다. 그런데 나는 그 동안에 무엇을 하였나. 어리고 순진한 아내는 나와 문의 누님의 관계를 조금도 의심하지 아니하는 모양이었다.

이에 나는 결심하였다. 이 부정한 기억이 있는 집을 단연히 떠나서 큰 동네 한복판에 가서 살리라고 작정하고 부랴부랴 집을 구하였다. 집은 더 작지 않았지만 아마 수백 년이나 되었을 듯한 낡은 집이었다. 그러나 뒤에 등성이를 지고 남향으로 앉은 것만은 좋아서 겨울에 방에 볕이 잘 들 것 같았다. 또 꽤 넓은 뒤꼍이 있고 복숭아나무가 한 그루 꽤 큰 것이 있어서 내가 처음으로 가 볼 때에 꽃이 다닥다

닥 피어 있어서 매우 내 마음을 끌었다. 그리고 개나리도 한 포기 있어서 그것도 아직 꽃이 남아 있었다. 나는 이 뒤꼍에 닭들이 놀고 있을 것을 상상하고 닭을 몇 마리 치리라고 결심하였다.

아내도 이 집으로 떠나오는 데 반대는 아니하였다. 동네는 원체 대접받지 못하던 동네였으나 아내에게 이웃이 많은 것만 해도 살아나는 일인 듯하여서 그는 이 집이 좋다고 대 찬성이었다. 옛날 경계로 말하면 천한 계급이 사는 동네여서 친척이 눈살을 찌푸릴 일이지만, 억지로 미화하고 이상화하였다. 즉, 세상에서 가장 가난하고 천한 자의 벗이 되자, 그리고 나 자신 청빈한 지사가 되자 하는 것이었다.

이사하는 날은 문의 누님이 아침부터 집에 와서 짐을 싸 주었다. 나는 때때로 그의 기색을 엿보았다. 그의 얼굴에는 전보다 복잡한 표정이 있는 것 같았다. 마지막 짐이 나간 뒤에 그가 머리에 썼던 수건을 끌러서 툭툭 떨 때에는 그의 눈가에 심히 적막한 기운이 떠도는 것을 나는 보았다. 그는 함께 가자는 아내의 말을 가볍게 거절하고 고개를 흔들었다. 나는 그의 심정이 가긍하여서 외면하였다. 우리가 나설 때에 문의 누님은 멀거니 서서 바라보고 있었다. 나는 한껏 섭섭하면서도 우리의 새집 생활에 그가 끼어서는 안 된다고 마음을 지어먹었다. 이제 내 아내를 사랑하는 생활을 하여야 하는 것이다.

나는 학교가 끝나는 대로 집에 돌아와서 마당과 뒤꼍을 쓸고 닭을 돌보았다. 그리고 얼마동안은 꼭 아내와 자리를 같이 하였다. 아내는 내 사랑에 대하여 만족하고 행복된 모양이었다. 그래서 그는 내 앞에서 잘못함이 없게 하려고 전전긍긍하였다. 내 상이 나기 전에 그는 밥을 안 먹고, 내가 잠이 든 체를 해야 가만히 이불을 들고 들어와 누웠다. 아침에도 나 모르게 일어나 조용히 문을 열고 나갔다. 형수도, 누나도 없이 자라난 나는 그때에 이런 것을 보기 처음이어서 우리 나라의 부도(婦道)에 대해 매우 인상이 깊었다. 또 능히 부도를 지킨다는 것이 내 마음에 아내의 가치를 훨씬 높였고, 그에 대한 존경의 생각을 가지게 되었다.

우리 가정은 매우 순조롭게 진행되었다. 제비도 처마 끝에 집을 짓고 병아리도 축 안 나고 잘 자랐다. 암탉들이 알도 잘 낳았다. 다만 하나 내 속을 상하게 하는 것은 수탉이 못나서 교주 집 수탉한데 제 계집들을 빼앗기는 일이었다. 그러나 나는 우리 수탉이 이러는 것을 용서할 수는 없었다. 그것은 내 위신에 관계된 것이었기 때문이었다.

닭 문제는 결코 적은 문제가 아니었다. 내가 모처럼 학교와 동네에 새로운 기풍을 세워 놓아서 모두들 내 지시를 믿고 복종할만치 된 때에, 이곳 교회에 내게는 존장(尊丈)이나 되는 나이를 먹은 한 목사라는 이가 부임하여 내 권위를 침범하는 일이 적지 않았다. 한 목사는 나보다도 세상 풍파에 경험이 많을 뿐더러 또 천품이 간교하고 가식이 능하여서 능히 인심을 끄는 힘이 있었다. 게다가 합병 후에는 사립학교에 대한 총독부의 핍박을 면하기 위해 예수 교회에 의지하는 일이 많았고, 내가 와 있는 학교도 금년부터는 교회의 학교가 되어서 선교사가 설립자가 되었기 때문에 한 목사는 일일이 참견을 하려 들었다. 이에 정면으로 맞선 것은 나 한 사람이어서 그는 나를 적으로 보게 되었다. 또 다른 교사들은 애송이 교사인 나에게 눌려서 절제를 받는 것이 싫어서 은근히 한 목사의 편이 되었고, 백 선생도 내가 만만하게 하지 않아 심정이 상하는 모양이었다. 이러한 처지에 있던 나이기에 우리 수탉이 남의 집 수탉에게 암탉들을 빼앗기는 것이 내 꼴인 것도 같아서 그렇게도 성화를 한 것이었다.

나는 싸움을 잘 하는 수탉을 구하러 다녔다. 그리하여 새 수탉을 세 마리나 구하여 왔으나, 이 교주네 닭이 잘 생기고 기운이 센 데다가 텃세까지 부려 참패를 당하였다. 우리 닭은 그 닭의 *꾸꾸꾸꾸*하는 소리만 들려도 벌써 좁은 구석을 찾았다. 나는 문에게 부탁하여 보통 닭 값의 갑절이나 주고 수탉 한 마리를 사 오고 문의 처방에 의지하여 생 쇠고기 한 근에 구리 가루 두 돈 중을 넣어서 탕을 쳐서 먹였다. 새 닭은 키로 말하면 교주 집 닭과 막상막하하거니와 가슴이 떡 벌어지고, 발톱이 날카롭고, 소리가 여무지고, 동작이 힘있고 날쌘 품이 교주 집 닭보다도 월등하게 나은 것 같았다.

쌀쌀한 어떤 가을 날 아침 드디어 대결전을 할 준비가 끝났다. 아침을 먹고 있으니 먼저 새 닭이 우렁차게 우는 소리가 들렸다. 그 울음소리가 끝나자마자 꾸꾸꾸하는 거만한 교주 집 닭의 소리가 들렸다. 우리 새 수탉은 세 암놈을 뒤로 두고 떡 버티고 섰다. 덤빌 테면 덤비어라 하는 모양이었다. 두 수탉의 고개가 점점 수그러진다. 전투 태세다. 언제까지 움직이지 아니할 듯이 서로 같은 자세로 노려보고 있었다. 둘은 마주 붙었다. 쪼고, 차고, 뛰고, 퍼덕거리고. 암탉들은 무엇을 주워먹기도 잊고 고개를 길게 빼어 두 용사의 싸움을 보고 있었다. 네가 죽느냐, 내가 죽느냐, 둘 중에 하나가 죽지 아니하고는 말지 못할 싸움이었다.

피차의 볏에서 피가 흐른다. 피차의 입에는 피차의 털이 물렸다. 혹은 뒷걸음을 치나 반드시 져서 쫓김이 아니었다. 혹은 서로 이마를 마주 대고 맴을 도나 대번에 죽일 자리와 기회를 찾음이었다. 그러더니 둘은 피곤한 모양이었다. 피

차에 발길이 헛나가는 일이 많았다. 그러나 이기기 전, 또
는 죽기 전에 물러날 수 없는 일이었다.

"퍽!"

하는 소리가 났다. 교주 집 닭이 두어 걸음 비틀비틀 뒤
로 밀려났다. 우리 닭이 그 날카로운 톱니 있는 발로 적의
앙가슴을 힘있게 찬 것이었다. 나는 두 주먹을 불끈 쥐었
다. 그러나 그것으로 곯아떨어질 교주 집 닭은 아니었다.
그는 다시 덤벼들었다. 과연 교주 집 닭이 우리 닭의 앙가
슴을 한 번 차기에 성공하였으나 정통은 아닌 모양이었다.
차고 물러서는 교주 집 닭을 우리 닭은 어느 틈에 또 한 번
앙가슴을 찼다. 더 단단히 채운 모양이었다. 교주 집 닭은
정신을 잃은 듯이 비틀거렸다. 우리 닭은 이때로구나 하는
듯이 고개를 번쩍 드는 듯 적의 목덜미를 물고 낚아채었다.
그리고 한참이나 물어서 끌고 다니더니 껑충 뛰어서 적의
어깨를 덥석 밟아 누르고 볏, 대가리, 모가지 할 것 없이 막
쪼고 물어뜯었다. 마침내 교주 집 닭은 깩깩하고 살려 달라
는 소리를 하였다. 나는 이 교주 집 닭이 우리 닭에게 쪼여
서 아주 죽어버릴 것을 염려하여서 싸움을 말렸다. 그러자
그는 겨우 죽다 남은 목숨을 주워 가지고 비틀거리며 달아
났다.

이튿날 이 교주 집 닭이 또 왔다. 그는 아무리 하여도 그

대로 지고 말 수는 없었던 것이다. 또 둘이 마주 붙어서 싸웠다. 그러나 도저히 적수는 아니었다. 이 날은 어제보다도 더 심하게 쪼이고 뜯기고 달아났다.

그 이튿날도 그는 또 왔다. 거뭇거뭇 선지피 덩어리가 된 볏의 참혹한 꼴을 가지고 오는 것을 보고 나는 생명의 뜻이란 얼마나 무서운 것인가를 생각하고 몸이 떨렸다. 이틀이나 연전연패한 그에게 이길 가망은 극히 적었다. 그 닭의 후줄근한 꼴은 아무리 하여도 제 운세가 다 지나간 쇠퇴한 기상이라고 아니 할 수가 없었다. 우리 닭은 그 닭이 달려드는 것을 곁눈으로 보면서도 모이를 쪼아서 암탉을 불러먹이는 여유를 보였다. 그 닭을 잘 따르던 노랑 암탉은 이제는 패한 자를 거들떠보지도 아니하고 승리자의 총애를 달게 받고 있었다. 이것이 그들의 윤리였다. 교주 집 닭의 목털은 오리오리 빳빳이 일어서고 그가 노리고 뻗은 머리는 푸르르 떨렸다. 교주 집 닭의 분노한 발길이 우리 닭의 가슴을 차는 것으로 싸움이 벌어졌다. 물고, 차고, 뜯고, 끌고. 죽기를 맹세한 교주 집 닭은 이적(異蹟)이라 할 만한 끈기를 내었다. 암만 쪼이고 암만 채우더라도 날갯죽지를 가누기 어렵도록 기운이 진하였건마는 계속 덤벼들었다.

그런데 어찌한 기회로인지 교주 집 닭이 우리 닭의 볏을 물고 잡아끌었다. 우리 닭도 뿌리칠 기운이 없어진 듯이 몇 걸음을 끌렸다. 문득 우리 닭이 번쩍 머리를 들었다. 그의 벗은 일부분은 적의 입에 남았고 뜯긴 볏에서 흐르는 피가 우리 닭의 눈으로 흘렀다. 적의 입에서 머리를 빼어낸 우리 수탉은 껑충 몸을 솟아 적의 앙가슴을 박찼다. 그리고 '팍' 소리가 나도록 적의 머리를 내려 쪼았다. 그리고 적의 목덜미를 물어서 끊어져라 하고 좌우로 잡아 흔들었다. 교주 집 닭은 다시 저항이 없었다. 우리 닭은 그 미운 적을 물어뜯어 죽여버릴 심산인 모양이었다. 나는 그만 말릴까 하다 말았다. 그들의 운명에 간섭하지 아니하리라 하였다.

나는 닭싸움이라는 것도 잊고, 우리 닭의 승리라는 것도 잊고, 한 목사에 대한 일종의 앙갚음이라는 것도 잊고, 자연의 지극히 깊은 비밀의 방을 들여다보는 마음으로, 개인과 민족의 생활의 진리를 배우는 자리에 앉은 제자의 심경으로 두 닭의 움직임을 보고 있었다. 마침내 최후의 승부는 결하였다. 그리고 언제까지나 우리 집 닭 나라의 평화도 계속하는 듯하였다.

그러나 그 평화도 잠깐이었다. 우리 닭은 교주 집 닭을 이긴 맛에 취한 모양이어서 다른 집에 침입하기 시작하였다. 첫째로 끌어들인 것이 교주 집 암탉들인 것은 말할 것도 없거니와, 거의 날마다 새 암탉들을 끌고 집으로 들어왔다. 그리고 그는 그들을 다 제 신민으로 아는 모양이어서 우리집 암탉이나 병아리가 텃세를 부리면 가끔 사정없이 제 식구들을 쪼았다. 또 이로부터 여러 집에서 항의가 들어왔다. 우리 닭이 남의 집 수탉들과 싸워 이기고는 암탉들을 후려내어 알을 받기가 어려우니, 그 놈을 좀 붙들어 매어 달라는 것이었다.

"홍, 제국주의다."

하고 나는 유쾌하였다. 그때가 독일이 한창 강성하여서 영국과 힐항(詰抗)하던 시절이다. 확실히 그것은 두 수탉이었다. 러시아라는 엄청나게 큰 수탉이 풋병아리 일본에게 참패하자, 더 큰 수탉 루즈벨트가 싸움을 말렸으나, 그 통에 우리 나라는 풋병아리의 것이 되고 말았다. 우리 나라가 이 수치를 벗는 길은 둘이 있었다. 하나는 정당한 길이요, 하나는 요행의 길이었다. 정당한 길이란 우리 나라가 고기한 근과 구리 가루 두 돈 중 어치를 먹고 며느리발톱을 날카롭게 갈아서 바다 건너 온 수탉 일본의 대가리를 쪼고 앙가슴을 박차서 넘어뜨리는 것이요, 요행의 길이라 함은 다른 닭이 일본을 물어서 끌리는 것이었다. 합병된 지 일 년 남짓한 당시 우리들은 한 근 고기와 두 돈 중 구리가루를 구하는 것보다도 어느 큰 닭이 미운 일본 닭을 쫓아주기를 빌고 있었다.

'고기 한 근과 구리 가루 두 돈 중!'

나는 이것을 교육과 산업이라고 생각하였다.

나는 이튿날 하학 후에 강당에 학생을 모아 놓고 이번에 본 닭싸움 이야기를 하였다. 그 자리에는 선생들도 왔다. 한 목사는 듣다가 매우 못마땅한 듯이 중도에 나갔다. 나는 독한 눈으로 그의 나가는 뒤통수를 노려보았다. 내 이야기는 상당히 청중의 흥미를 끈 모양이었다. 나는 다아윈의 생물 진화론을 들어서 우승열패와 적자생존의 철칙을 말하였다.

"가증한 오줌병아리들은 다 죽어라! 우리는 단군의 자손이요, 고구려인의 자손이다! 우리는 저 세계의 노예 이스라엘은 아니다! 너희들은 이스라엘을 버려라. 차라리 로마인을 배워라!"

나는 이렇게 탈선하였다. 흥분한 김에 한 목사와 그 일파인 예수교인을 정면으로 공격한 것이었다. 나는 예수의 가르침을 공격할 생각은 꿈에도 없었다. 나는 예수를 배우는 진실한 제자로 자처하였다. 내가 미워하는 것은 한 목사와 같이 겉으로 겸손한 듯 꾸미는 그러한 태도였다. 중간에 나가는 한 목사와 몇 선생에게 분격하여서 안할 말을 하였다고 후회하였다. 그리고 민족 문제로 돌려서,

"여러분! 우리 민족이 요구하는 것은 고기 한 근, 구리 가

루 두 돈 중이요. 우리 민족은 싸워야 하오. 우리 민족은 이겨야 하오. 다른 닭이 싸워주기를 기다리는 것은 거지 영신이요.”

꼬박 두 시간을 넘는 큰 연설이었다. 그러나 그 반향은 적었다.

‘다들 정도가 어려서.’

하고 나는 학교에 대하여 환멸의 비애를 느꼈다. 이런 유치한 것들과 더불어 세월과 정력을 허비할 사람이 아니라고 생각하기 시작하였다. 그러나 얼마 아니하여 이 닭싸움의 연설이 큰 풍파를 일으킨 것을 발견하였다.

다음 일요일 아침 예배당에서 한 목사는 내 연설을 들어서 공박하였다. 그는 ‘어떤 선생이 신성한 교회 학교 강당에서 순진한 청년학도들에게’ 라 하여 내 죄가 도저히 용서할 수 없다는 것을 다섯 가지나 들어 말하고 어떤 때에는 나를 노려보며 말하였다. 삼백 명 남녀 청중의 눈이 내게로 쏠리는 것은 말할 것도 없었다.

‘어리석은 것들이 위인의 대사상을 몰라보고.’

하고 나는 떡 버티고 태연하려 하였으나, 내게는 가엾게도 그만한 뱃심도 수양도 없었다. 위인이라고 뽐내는 간으로는 위인이 덜 된 것이었다.

나는 한 목사의 괘씸한 말에 대하여 나를 위해 분개해 주는 사람이 있는가 하고 이 방 저 방 선생들의 방에도 가 보았으나, 내게 위로될 말을 해 주는 자가 없었고 학생들은 냉랭한 눈으로 나를 보는 것 같았다.

'사람을 몰라보는 것들! 은혜를 모르는 것들! 나는 갈 테다. 내가 가 버린 뒤에 너희가 나를 잃은 것을 애통해 하더라도 부질없으리라!'

이렇게 맹세하면서 나는 집으로 갔다. 그러나 나는 내 집도 미웠다. 내가 누구 때문에 이 고생이냐. 공부도 그만 두고 이 시골구석에 묻혀서 한 주일에 사십 시간 근로를 하여서 청춘의 꽃다운 시절을 허비하는 것이 누구 때문이냐.

'망할 것들! 굼벵이 같은 것들!'

나는 집에 돌아오는 길로 내 방이라는 콧구멍만한 방에 요를 깔고 드러누웠다. 이 학교에 와서 일 년 반, 내가 학교 일과 동회 일에 아주 몸을 바친 지도 만 일 년이다. 그 동안 나도 참으로 생명을 바쳐서 일했다. 낮에는 학교, 밤에는 동네의 남녀 야학과 동회로, 내게 한가한 시간이 없었다. 나는 학교와 동네를 위해 청춘의 열정을 아낌없이 쏟았다. 그러나 내 과로와 영양불량은 내 건강을 많이 깎았다. 내 관골은 높이 드러나고 뺨은 들어갔다. 눈도 꺼졌다. 기침도 났다. 이 모양으로 내 생명을 갈아서 민족에게 먹이고 거꾸러지는 것이 거룩한 소원이라고 생각하였다.

‘분하다, 괘씸하다, 나는 어찌할까.’

하고 괴로워하고 누워 있을 때에,

“여보셔요. 우리 수탉이 다리가 부러졌어요.”

하는 아내의 소리가 들렸다.

“무어?”

하고 나는 벌떡 일어나서 문을 열치고 나가보았다. 참혹한 일이었다. 어떤 집에서 저의 수탉이 우리 닭에게 진 것을 분히 여겨서 몽둥이로 우리 닭을 후려갈겨서 그리 된 것이었다. 비겁한 짓이다. 나는 즉각적으로 이것도 필시 한 목사의 소위라고 생각하였다. 나는 한 목사의 집에를 가 볼 생각이 났다. 그도 나와 같은 가난뱅이로서 제 집이 없고 예배당에 소속된 목사 주택에 떠나 온 사람이다. 그는 마당도 없고 뒤꼍도 없으면서도 닭을 열 마리나 놓고 교인들에게서 모이를 얻어 먹이는 욕심꾸러기라고 생각하였다.

내가 한 목사의 집에 다다랐을 때에 그 집 수탉이, 암탉들에게 먹을 것을 찾아 먹이고 있는 것이 보였다. 한 목사가 미운 마음까지 아울러서 나는 그 놈을 노려보았다. 그놈도 내가 제 적의 주인인 줄을 알거나 하는 듯이 매우 거만스럽게 떡 버티고 서서 나를 바라보고 있었다. 그 놈도 어지간히 크고 잘 생긴 닭이었고 매우 사나워 보였다. 그러면 우리 닭이 정당하게 싸워서 저 놈한테 졌나. 아니 그럴 수는 없다. 만일 그랬다 하면 우리 닭의 다리가 상하였을 까닭이 없는 것이다. 아무리 부정한 한 목사기로니 이기는 저의 닭의 역성을 들어서 우리 닭을 후려갈기도록 마음이 흉악하지는 않을 것이다. 이 때,

"그 놈의 닭이 다시야 안 오겠지. 글쎄 그 놈이 사흘째란 말야. 또 오거든 이번엔 반쯤 죽여주어야."

하는 소리가 내 귓결에 들렸다. 과연 한 목사의 소리다. 더 들을 필요가 없었다. 내 상상이 맞았다. 나는 두어 번 기침 소리를 내면서 그 집에서 떠났다. 내가 제 말을 들었다는 것을 넌지시 알리자는 것이다. 집에 돌아와서 나는 또 동전을 줄로 갈기 시작하였다. 더 먹이자. 우리 수탉에게 쇠고기와 구리가루를 더 먹이자. 우리 닭으로 하여금 실컷 분풀이를 하게 하자. 그러나 쇠고기를 어디서 구하나.

이 때, 일이 잘 되느라고 문의 누님이 갈비를 가지고 왔다. 문의 누님을 보는 것은 언제나 반갑지마는 그보다도 우리 수탉을 먹일 고기를 가지고 온 것이 반가웠다. 나는 두 사람의 놀림을 받으면서 고기와 구리 가루를 우리 닭에게 먹였다.

문의 누님은 우리 집이 이사온 후로 여러 번 다녀갔으나 내가 매양 학교에서 늦게 돌아오기 때문에 서로 만나는 일은 극히 드물었다. 나는 문이 갈비와 함께 보내준 소주도

몇 잔 먹었다. 닭 먹일 고기는 생겼것다, 갈비는 먹었것다, 술도 마셨것다, 오래간만에 문의 누님과도 만났것다, 나는 생일을 쇠는 것같이 유쾌하였다. 저녁을 먹고 나서 우리는 닭싸움 이야기를 시작하여 웃기도 하고 분개하기도 하였다. 그는 지나간 불쾌한 기억을 다 잊은 듯하여 스스럼없이 나를 바라보고 또 웃는 말도 하였다.

나는 대단히 유쾌한 기분으로 두 사람을 집에 두고 저녁 청결검사를 나섰다. 이것은 동회에서 작정된 것으로서 회장이 아침, 저녁 두 번 집집의 청결 상태를 순시하는 일이었다. 저마다 제 집과 문전과 또 온 동네를 깨끗이 하자는 것으로서 아마 이것은 우리 나라에서 처음 시작된 운동일 것이다. 날이 저물기도 하고 또 문의 누님이 가기 전에 돌아올 양으로 이 날은 슬적슬적 돌았다. 맨 끝으로 한 목사 집에 다다랐을 때에는 방에서 유, 김, 장 세 녀석의 소리가 들려서 분이 치밀었으나,

'내가 이까짓 지위를 아낄 줄 알고.'

하고 나는 '흥' 코웃음을 쳤다. 나는 한 목사 따위와는 격이 다른 사람이라고 자처하였다.


아내나 문의 누님이나 위대한 인물을 맞는 경건한 태도로 나를 맞았다.

“내일 이 애 친정에 좀 보내셔요.”

하고 문의 누님이 입을 열었다.

“친정에요? 왜 무슨 일이 있어요?”

“무슨 일은 없지마는 가을도 지났으니 친정이 가서 맛있는 것도 먹고 좀 쉬기도 하게요.”

“허기는 우리 집에서는 굶는 심이지요. 가난한 선비의 집에 시집오기가 원체 잘못이지요. 가라고 그러셔요. 나는 혼자 끓여 먹어도 되고 기숙사에 가 있어도 좋지요.”

“그런 게 아니라요. 이 애가 제 몸이 아냐요. 태중이야요. 입덧이 났어요.”

하고 아내를 본다. 이 말에 나는 깜짝 놀랐다. 그러면 그가 전에 없이 눕는 때가 많았던 것이 그 때문이었던가. 그의 얼굴에 전에 없이 붉은 기운이 보이던 것도 그 때문이었었는가.

잉태! 저 어린것이 잉태!

그것은 형언할 수 없는 감정이요, 지향할 수 없는 마음이었다. 내가 오란 일도 없이 그가 온단 말도 없이 새로운 생명 하나가 나를 아비라고 부르고 그를 어미라고 부르면서 벌써 온 것이다. 그는 어디서 오는가. 뉘가 보내는 것인가. 내 몸 속에 몇 아들과 몇 딸을 집어넣은 것은 누구며, 그들이 때를 찾아 차례를 찾아 그리고 어미가 될 사람을 찾아서 내 몸에서 나가 그의 몸에 드는 것이 다 누가 시킴인고?

내가 이러한 생각을 하노라고 멀거니 앉았는 것을 내가 아내의 잉태를 반갑지 않게 여김이라고 속단한 모양이어서 아내는 훌쩍훌쩍 울고 있었다. 그는 제가 잉태하였다는 것을 알면 필시 내가 기뻐 뛰리라고 믿었던 모양이다. 나와 같이 남의 외아들로서는 아내의 잉태는 경사라야 할 것이 물론이다. 그러나 나는 도무지 반갑지가 않았다. 아내에게는 미안하나 그렇다고 억지로 반가운 모양을 꾸밀 줄은 모르는 나였다.

"왜 울어?

나는 이런 소리를 해 보았다. 문의 누님도 내 말을 이어서 위로하였다.

"그럼, 내일 가지. 가서 맛있는 게나 자시구 잘 쉬구려. 내 걱정은 말구."

나는 이렇게 아내의 내게 대한 섭섭함을 우물쭈물하려 하였다.

이튿날 조반 후에 아내는 문의 누님과 작별하여서 친정에를 가고 나는 홀아비 살림을 하게 되었다. 친정이라야 양친이 다 없고 계모 슬하이라 반가워 해 줄 사람도 없으련마는 그래도 첫 해산을 친정에서 아니 할 수 없다고 생각한 것이었다. 아내가 없는 동안 조석은 기숙사에서 먹든지 이

웃집에 붙어서 먹든지 하려고 했으나, 집에 돌아와 보니 천만 의외로 문의 누님이 와서 저녁 준비를 하고 있었다.

"웬일이시오?"

입으로는 놀라면서도 속으로는 반가웠다. 아랫방에는 바느질감이 놓여 있고 화로에는 인두가 묻혀 있었다. 짓다가 둔 것은 내 솜옷이었다. 이것으로 보아서 문의 누님은 아내가 없는 동안 아주 우리 집에 있을 모양인 것이 분명하였다. 문의 누님이 또 나와 단 둘이서 한집에 있는다면 나는 한편으로는 달콤한 번뇌를 느끼는 동시에 다른 한편으로는 무서운 큰 시험이라고 겁을 내지 않을 수 없었다.

나는 장지를 열고 윗방인 내 방으로 올라가서 장지를 꼭 닫았다.

'장지야. 내 손으로 열려서는 안 돼.'

하고 나는 장지를 물끄러미 노려보았다.

나는 문의 누님이 내 집에 있는 동안에 밥만 와서 먹고는 학교에 가서 자는 것이 옳다고 생각하였으나 또 그럴 수도 없는 것 같고, 그렇게 하기가 싫은 것도 같고, 그렇게까지 안 해도 좋은 것도 같았다. 내가 문의 누님이 지어 주는 저녁밥을 먹고 동회일과 야학을 마치고 돌아오니 아랫방 창에는 빨갛게 불빛이 비치고 문의 누님의 어깨에서 머리까지의 그림자가 보였다.

"나 돌아왔어요."

하고 나는 내 방으로 들어갔다. 그는 내 작은 남포등에 불을 켜 놓고 베개와 이불을 한번 만져서 고치고 장지를 닫고 제 방으로 가버린다. 나는 장지를 새에 두고 남녀가 이야기를 하는 것도 옳지 않다고 생각하고 아무쪼록 소리가 안 나도록 옷을 벗고 불을 끄고 자리에 누워버렸다. 옆방에서는 바느질감을 움직이는 소리, 인두를 꺼내서 화로 전에 재를 떠느라고 가볍게 딱 하는 소리, 인두를 화로에 꽂는 소리, 문의 누님이 몸을 움직이는 소리, 이 모양으로 바스락바스락하는 소리가 끊임없이 내 귀에 울려왔다.

나는 일부러 숨을 깊이 쉬어서 스스로 잠든 양을 하였다. 그 동안에 얼마나 시간이 흘러갔는지 모르나 잠깐 고요하더니 불을 끄는 소리가 나고 또 자리에 눕는 베개 소리와 이불 소리가 난다. 나는 이 소리를 다 듣고야 비로소 제 숨소리를 들었다. 나는 마침내 아내의 몸을 생각하기로 하였다. 그것은 분명히 효과가 있었다. 아내의 몸은 내 정욕을 식게 하는 힘이 있었다. 나는 이리하여서 잠이 들었다.

내가 잠이 깨었을 때에는 벌써 부엌에서는 불을 때느라고 나뭇가지를 꺾는 소리가 들렸다. 나는 벌떡 일어났다.

'됐다! 하루는 이기었다.'

하고 나는 참으로 감사한 기도를 올렸다. 수면 부족으로 몸은 찌뿟하나 마음은 날아 오를 듯이 가벼웠다. 닭장 문을 열어서 닭 마리 수를 세고 모이를 두 줌이나 듬뿍 주었다. 유쾌하게 뜰을 쓸고 문전을 쓸고 동네를 돌아보고 돌아왔다.

"진지 잡수셔요."

하고 문의 누님이 부엌에서 내다보았다. 그는 어제보다도 더 아름답고 반가웠으나 마주 바라보아도 꿀림이 없고 도리어 더 가까워진 것 같았다. 그도 안심하고 나를 대하는 것 같았다.

학교에 가서는 한 목사 문제를 잊은 태도로 선생들과 학생들을 대하였다. 집합 시간에는 '꿀림 없는 양심'이란 문제로 열 있게 말하였다. 쓴 샘에서 단 물이 나오지 못한다는 성경구절을 들어서 마음에 악이 가득한 사람은 하는 말, 하는 행동이 다 사람을 해하고 괴롭게 하나니, 그는 하나님의 이름을 부르되 사탄의 사도라고 말하였다. 남을 긁고 깎아서 사람의 마음을 아프게 하는 말은 사탄에게서 나오는 말로 알라고 말을 맺었다. 나는 내 말의 후반은 탈선이고 그것이 은근히 한 목사를 비방하는 말임을 의식하고 아니 할 말을 하였다고 후회하였다. 더구나 '사탄의 사도'라는 말이 대단히 모진 말이어서 한 목사를 분격하게 할 것 같았다. 그러나 한 번 나간 말을 다시 주워 담을 수는 없었다.

새로운 후환의 씨를 뿌렸구나 하는 생각을 떼어버릴 수가
없었다.

# 2. 불쌍한 사람들

　나는 토요일 오후에 처가에를 가려고, 학교 선생의 자전거를 빌려 타고 떠났다. 그때 시절에는 자전거는 아직 실용품이 아니요, 사치품이어서 자전거 위에 앉아서 시골길을 달리는 것은 탄 사람에게는 자랑이요, 보는 사람에게는 부러움이었다. 나는 자전거를 얻어 탄 김에 외가로, 누이네 집으로, 종매형 집으로 다녀올 작정이었다. 먼저 외가에 들러서 놀란 것은 실단이가 과부가 되었다는 것이었다.

　"글쎄 실단의 남편이 강에서 고기를 잡다가 물에 빠져 죽었다는군요."

　하는 것이 형수의 말이었다.

　"언제?"

“칠월에. 인제 졸곡(卒哭)이나 되었나, 원.”

나는 어떻게 생각해야 좋을지 몰랐다. 다만 사람의 일이라 알 수 없는 것이라고 생각되는 것뿐이었다. 나는 실단이 어머니를 찾아보고 싶었으나 할말이 없을 것 같아서 그만두었다. 그러나 공교롭게도 외가에서 나오는 길에 실단 어머니를 만났다. 그는 손에 들었던 보퉁이를 동댕이치고 자전거에서 내려서는 내 팔을 두 손으로 붙들었다.

“아이, 세상에.”

하는 그의 말은 땅바닥을 뚫고 들어갈 듯이 무거웠다. 이른바 땅이 꺼질 듯한 한숨이란 것이다.

“글쎄 그게 웬일이야요?”

나는 기껏 이런 인사말을 하였다. 그가 북받치는 울음을 참는 소리가 들리는 것 같았다.

“우리 실단이는 어떡허문 좋은가. 시집 잘못 보내서 저렇게 되었으니 저것을 어떡험 좋은가?”

그것은 그도 모를 일이요, 나도 모를 일이었다.

“예수나 믿으라고 하시고 공부나 시키시지요. 한문도 잘 알고 재주도 있으니, 학교에 들어가서 공부를 하면 좋을 거야요.”

“글쎄 시집에서 무어랄는지. 오거든 한번 데리고 갈 테니 앞길을 잘 일러줘요.”

그는 체면불고하고 내 손을 꼭 쥐었다.

"과히 염려 마세요. 산 사람은 살 도리가 있지요. 실단이만치 착하고 재주 있는 사람이 설마 잘못될라구요."

나는 이렇게 말하고 자전거에 올랐다. 그리고 누이집까지 벌판을 쌩쌩 달렸다.

누이도 이제는 제법 남의 젊은 아내의 태를 갖추었다. 넉넉지도 못한 농가의 오 형제 중에 맏며느리라는 것부텀이 고생은 떠메인 팔자였다. 게다가 변덕쟁이 과부 시할머니가 집의 채를 쥐어서 사십이 다 된 며느리가 끽 소리도 못하는 판이니, 어린 누이의 정경은 물어 볼 것도 없었다. 그렇지마는 여섯 살 때 부모를 여읜 일을 생각하면 이만치 된 것도 용된 것으로 고맙게 알아야 할 것이다.

"과히 고생이나 안 되니?"

"몸 편안할 새야 없지마는 시집살이야 다 그렇겠지, 뭐."

하고 말하는 누이는 아주 어른이 다 되었다. 나는 아내가 잉태를 하여서 친정에 갔다는 말과 지금 그리로 가는 길이란 말을 하니, 누이는 희색이 만면하였다. 내가 아들을 낳는다면 그것을 가장 기뻐할 사람은 누구인가 하였다.

저녁을 먹고 가라는 만류를 뿌리치고 곧장 처가로 향하였다. 나는 동네 어구에서 자전거에서 내려서 이것을 끌고 처가로 향하였다. 자전거는 끌고 가는 것도 멋이었다. 아이들이 따라나오고 개들이 짖고 내달았다.

"큰댁 김서방이다. 쟁고 타고 왔다, 쟁고. 저게 쟁고야. 막 빨리 달아나는 거야."

애 녀석들이 주먹으로 코를 씻으며 앞을 서고 뒤에 따랐다.


처갓집은 장인도 죽고 처남은 어리고 사랑을 지킬 사람이 없어서 사랑 문이 첩첩이 닫혀 있었다. 처갓집을 찾아오는 젊은 사위라면 이야기만 들어도 유쾌한 일이지마는 나는 귀염 받기에 너무 노성(老成)하였고, 또 귀애해 줄 장모도 없었다. 나는 다만 잉태한 아내를 보내 놓고 인사 체면 치레로 온 것이다.

그래도 내가 온다고 사랑 문이 열리고 안팎에 떠들썩하였다. 역시 나는 이 집에 상객이었다. 처형의 남편은 내가 이 집에 장가들기 전에 벌써 죽고 처형은 이미 길복을 입고 있었다. 그는 아내와는 같은 어머니건마는 딴판이어서 얼굴도 아내보다는 똑똑하고 껍질도 엷은 편이었다. 처고모는 풍신이 좋고 자부심도 있는 백발노인으로 매우 점잔을 빼었다. 나는 장인의 궤연(几筵)에 서투른 곡을 하고 장모, 처고모에게 절을 하고 또 처남 아이의 절을 받았다. 아내는 내가 와서 이 집에서 대환영을 받는 것을 보고 대단히 만족한 모양이었다.

　저녁에는 사랑에서 내가 주인이 되고 처족들과 동네 사람들이 모여들었다. 그들은 내게 일본 이야기를 묻고, 세상이 어떻게 되는가를 묻고, 학교 공부를 하면 무슨 벼슬을 하는가며, 나는 일본까지 가서 공부를 하고도 왜 벼슬을 못하는가, 이러한 내게는 아픈 소리를 묻는 이도 있었다. 나는 이 사람들에게 교육사업의 뜻을 말하는 것이 쓸데없다고 생각하였다. 다만 처 육촌이 한학의 경계로 선비의 일이란 것을 알아주는 것이 기뻐서 다 헤어져 갈 때에 따로 청하여 글 토론을 하였다. 그는 내가 한문에 들어서는 무식한 줄로 알았던 모양이어서 내가 시, 서, 역을 말하고 노자, 장자를 말하는 것을 보고 크게 놀래었다. 기실 조금 아는 것으로 아는 체를 한 것이지마는 한학에 있어서 문견(聞見)이 넓기로는 내가 그보다 한 걸음 앞서 있었다. 나는 그가 처족들에게 내 선전을 하여 줄 것을 믿고 은근히 다행히 여겼다. 다들 나를 대수롭지 않은 가난뱅이로 여겼기 때문이다.

　나는 육촌과 술을 마시고 뜻에 맞는 담화를 하였기 때문에 매우 유쾌하게 아내를 대하였다.

　"입맛이 좀 났소?"

　나는 애정 있는 남편 모양으로 아내에게 물었다.

　"그걸 물어 주시우?"

아내는 싱긋 웃었다. 나는 기분이 상했다. 하지만,

"문씨는 왜 보냈소? 나는 기숙사에서 조석을 먹기로 했었는데."

하고 화제를 바꾸었다.

"왜 그 언니 좋아 안 하시우?"

아내는 빈정대는 어조였다.

"그건 다 무슨 소리야?"

나는 가슴이 뜨끔하였으나 그것을 감추기 위하여서 부러 성난 체를 하였다.

"내가 모르는 줄 아슈? 당신이 그 언니라면 사족을 못 쓰시는 줄을 내가 다 아는 걸요."

"아니 그건 다 웬 소리야? 무얼 보고 그런 말을 하오?"

나는 아내가 그다지 악의로 한 말이 아닌 줄 알면서도 이 기회에 아내를 완전히 속일 필요를 느꼈다. 나는 악인이었다.

"당신이 찌뭇하고 앉았다가도 그 언니만 오면 좋아하십디다그려. 그러니깐 당신이 그 언니를 좋아하시는 줄 알 것 아니요?"

하는 아내의 말에, 나는, 오 그것뿐이더냐 하고 마음이 놓였다.

"내가 그이를 좋아한다고 생각하면서 왜 그이하고 나하

고 단 둘이 함께 있게 하오?”

나는 반 농담 비슷이 물었다.

“좋아하는 이하고 단 둘이 같이 계시면 위로가 안 돼요? 그러니깐 언니더러 가 있으라고 그러지 않았어요?”

하고 아내는 어리광 모양으로 내 품에 얼굴을 묻고 웃었다.

“아니, 그러다가 그이하고 나하고 아주 좋아하게 되면 어쩔라고?”

나는 이렇게 떠 보았다.

“그러면 당하지요. 아무러믄 당신이 나 하나만 가지고 가만히 있겠어요? 당신이 내라면 싫어하시는 걸. 내가 왜 그걸 몰라요, 다 알지. 억지루 억지루 내 곁에 오시는 것도 다 알아요. 그렇지만 다 내 팔잔 걸 어떻게 해요. 무꾸리를 하거나 손금을 보아도 내가 당신과 인연이 박하다고. 당신이 첩을 얻어야지, 그렇지 아니하면 생이별수라고. 그럴 바에는 내가 좋아하는 문의 언니하고 같이 사는 것이 안 좋아요? 그 언니만 집에 있으면 당신이 나를 버리고 달아날 생각을 안 하실 것 아냐요? 안 그래요?”

하고 아내는 한 번 한숨을 길게 쉬더니, 다시 고개를 내게로 돌리며,

“여보, 나는 지금 이 뱃속에 있는 아이가 아들이기만 하

면 아모 걱정이 없겠어요."

"왜? 왜 걱정이 없어?"

나는 울고 싶었다.

"나는 아들 기르고 혼자 살 수 있거든. 그 언니하고 함께 살면 더 좋구."

"나하고는 안 살 작정이로군?"

"당신하고 의좋게 살기만 하면 작이나 좋겠어요, 마는 혼자 살게 되더라도 말이에요."

하고 그는 씩 웃는다.

나는 이럴 때 영원히 너하고는 안 떨어질 터이니 염려 말라 하고 굳게굳게 맹세해 주고 싶은 마음이 간절하였으나, 또 한 끝으로는 그러한 생각도 용기도 없었다. 다만,

"나는 당신의 언니하고 아무 관계도 없소. 장지를 꼭 닫고 아래 윗방에서 곱게 자니 아무 염려도 마오."

하고 다질 뿐이었다.

한 번 시집가면 고만으로 여겨 팔자를 고친다는 것은 지천(至賤)한 사람의 일로 알고, 남편과 운명에 순종하는 것이 여자의 일이라는 조상 때부터의 도덕의 힘인가. 나는 아내를 다시 보고 여성에 대한 생각을 고치지 않을 수 없었다.

이튿날 나는 융숭한 대접을 받았다. 처고모는 닭을 백숙을 해다가 손수 뜯어서 나를 먹이고 처형은 술을 사 오고,

달걀을 삶아서 또 따로 나를 먹이고, 장모는 내 밥상머리에 앉아서 정답게 이것저것을 권하였다. 평생에 처음 당하는 우대였다. 하도 만류가 간절하여서 나는 학교를 하루 쉬기로 하고 처가에서 하루 더 묵을 수밖에 없었다. 그러는 동안에 그들이 이처럼 우대하는 이유의 일부분을 알았다. 장모는 내게 위탁하여서 일가들이 재산을 뜯어가는 것을 막아보자는 것이요, 처형은 나와 공모하여서 이 집 재산을 떼어내자는 것이었다. 나는 장모의 의사에는 원조하려는 생각도 났으나, 처형의 모략에 대하여서는 괘씸하게 생각하였다.

처형은 이런 소리를 하였다.

"오라비가 저렇게 어리니 이 집 주장을 할 이가 아재밖에 없지 않아요? 아버지도 그렇게 유언을 하였답니다."

하고 처형은 한 손을 내 어깨에 살짝 걸치고 내 귀가 뜨뜻하도록 입을 내 귀에 대고,

"그런데 어머니는 친정 동생을 끌어 들여서 제 마음대로 휘둘러보려는 것 아냐요? 그래서 제가 고모님을 청해 왔지요. 추수가 얼마나 되나, 빚 받을 것은 어떻게나 되나, 모두 자세히 알아보시라고. 모두 빼어 돌리면 어떻게 해요, 글쎄? 그래, 그렇지 않아도 아재를 모셔다가 한 번 의논을 하자고 고모님과 의논을 하던 중이랍니다."

하고 그때서야 내 귀에서 입을 뗀다. 나는 그의 입김 때문에 귀가 근질근질하다가 그가 입을 떼니 살아나는 것 같았다. 그 후에 처형이 하던 말을 더 적을 필요는 없다. 다만 그가 나를 우대하는 것이 이욕에서라는 생각이 드니, 그의 말을 듣기도 싫고 그의 낯바대기도 보기 싫었다. 나는 아내를 보고 처형이 나쁜 사람이니, 그 꼬임에 빠지지 말고 계모를 잘 위하라고 일렀다. 그리고 장모와 단 둘이 된 기회에,

"누가 무에라고 하더라도 흔들리지 마셔요. 이 집 재산은 다 명복이 것이 아냐요?"

하고 말했다.

명복은 어린 처남의 아명(兒名)이다. 장모는 내 말에 대단히 기뻐하였다. 그리고 명복이를 친동생으로 알고 끝끝내 돌아보아 주라는 것을 말하였다. 나는 이곳 군수가 일본유학 동창생이고 헌병분대장과도 친분이 있다고 말하고 일가가 말썽을 부리면 꿈쩍 못하게 해주겠노라고 했다. 장모는 이 말을 듣고 이 집 재산을 노리는 일가 누구누구에 대한 하소연을 했다.

마침 그 날 군수가 헌병분대장과 함께 새 사냥을 나갔다가 이 동네에 들렀다. 내가 처갓집 사랑에 앉았노라니 친척 하나가 그들을 끌고 왔다. 물론 그런 손님이 이 동네에 오

면 이 집 사랑밖에 쉴 곳이 없었다.

군수는 내 손을 덤쩍 잡고

"아, 이거 웬일야? 자네 어째 여기 와 있나?"

하고 반가워하고 분대장도 친숙하게 나와 인사하고 사랑에 들어앉았다.

"아, 이 댁이 자네 처가댁인가. 닭이나 한 마리 잡겠네그려."

하고 수선을 떨었다. 정말로 이날 처가에서는 닭도 없어지고 술값도 나갔으나 그 효과는 컸다. 그들이 나와 절친하다는 것이 장모에게 큰 힘이 된 것은 물론이요, 그들이 하룻밤을 묵었다 간 것이 여간 큰 영광이 아니었다. 군수 일행이 떠난 뒤에 처가에서 내게 대한 대우도 더욱 융숭하였다. 나는 어깨가 으쓱하여져서 자전거를 타고 이 집을 떠났다.

나는 이번 길에 좋은 것을 하나도 보지 못하여서 마음이 찌뿟했다. 그래서 어디 사랑과 아름다움과 화평만 있고 물욕 싸움과 미워함이 없는 집에 잠시라도 몸을 담그고 싶었다. 이모네 집에를 가면 거기 가까운 것을 볼 것 같았다. 어머니가 돌아간 뒤로 나는 이모를 대하는 것이 어머니를 그리워하는 마음을 채워주었다. 또 이종은 얼굴이 잘나고 재주도 있었으나, 공부나 일은 싫어하고 장난만 좋아하였다. 그는 물욕이 없어서 그 아버지와는 딴판이었다. 이종형수는 나를 귀애해 주었다. 그는 미인이요, 또 다정하였다. 그밖에 나와 동갑인 이종매와 그 아래 누이. 이들 틈에 있으면 적어도 하루 이틀은 행복될 것 같았다.

이모집 사랑문이 닫혀있었다. 웬일일까? 나는 자전거를 밖에 세워 놓고 안으로 들어갔다.

"아이, 돌고지댁 서방님!"

하고 형수가 하얀 옷을 입고 나왔다. 얼굴은 분을 바른 듯이 희어서 핏줄이 비칠 것 같았다. 나는 형수가 청하는 대로 안방에 들어갔다. 서로 절을 한 후에야 형수는,

"아저씨께서 돌아가셨답니다, 구월 초하룻날."

이렇게 말하였다. 이제 나는 그가 소복을 입은 뜻을 알았다. 그러나 형수는 이어서,

"형님도 돌아갔답니다, 구월 초여드렛날."

하고 말하였다. 나는 숨이 막혔다. 내게는 사촌이라고 이름 부를 오직 한 사람, 내가 가장 좋아하는 그가 죽었다!

이 때 이모가 딸들과 함께 돌아왔다. 산소에 다녀오는 것이었다. 이모는 나를 보고 빙그레 웃기까지 하면서,

"우리 집은 망했단다. 아버지도 돌아가고 형도 죽었단다. 형이야 젊은 놈이 왜 죽겠니? 나보다 네 형수가 불쌍하지.

자식도 없는 게, 한평생을 어떻게 사니?"

형수는 고개를 숙인다.

"도경이 너, 이 애들 할아버지 보였니?"

하고 이모는 화제를 돌렸다.

"흥, 우리 시아버님은 장가를 듭셨단다. 아들 보시겠다고. 칠십이 넘은 어른이 새신랑이 되셨어. 열일곱 살 된 마나님을 다려다 놓고 정신이 다 없으시단다. 손자며느리 손녀딸이 부끄럽지도 않은지. 이 집이 본래 망할 놈의 집야. 삼 대째나 양자를 하는 집이니. 양자에 진절머리가 나셔서 송장 바탕 다 된 늙은이가 처녀장가를 드신 거지."

하고 이모는 유쾌한 듯이 웃는다. 그리고 무엇을 멀거니 생각하는 모양이더니 눈으로 며느리를 가리키며,

"우리 저 애에게 유복동이라도 있으면 작히 좋을까. 너 아무렇지도 않으냐?"

하고 결정적인 대답을 기대하는 모양으로 며느리를 보고 있었다. 죽은 외아들의 목숨이 손자로 태어나기를 기다리는 것이었다.

얼마 동안 무거운 침묵이 있은 뒤에 형수는 손바닥으로 눈을 씻고 고개를 들었다.

"어머니 그런 것 믿지 마셔요. 저는 유복자를 못 낳습니다."

그리고 형수는 말하기 어려운 듯이, 그러나 결심한 듯이, 큰누이를 향해

"오라버니는 총각으로 돌아가셨답니다. 나는 처녀로 과부가 되고요."

이렇게 말하고는 나가버렸다. 이모는 화석이 된 듯하고 누이들과 나는 어리둥절하여 서로 바라보고 있었다. 이모는 땅이 꺼지는 한숨을 쉬었다. 그의 눈과 얼굴이 갑자기 빛을 잃어버리는 것 같았다. 나는 이 집에 있는 것이 마음이 무거워서 한 시각이라도 일찍 떠나고 싶었다. 게다가 학교를 이틀이나 쉬어서 염려도 되었다.

나는 작은 누이더러,

"난 지금 갈테야. 아주머니 무얼 만드시나 보라, 나 위해선 아무 것도 마시라고."

하고 일렀다.

"아이구 오빠도, 그렇게 왔다 가는 법이 어디 있수?"

하고 큰누이가 내 모자를 감추려고 집어 들고 나간다. 작은누이는 일어나더니 내 구두를 집어들고 어디로 가버렸다.

"감추지 말어!"

하고 짜증을 내면서도 혈족의 애정이 지극히 반갑고 기뻤다. 이때에 구두를 감추고 들어온 작은누이가 제 손으로

내 웃옷 고름을 끄르고 막 잡아 벗겨다가 또 어디로 가지고
갔다. 그 버릇없는 것이 아름답고 기뻤다.

이 이야기를 쓰고 있는 오늘날에는 그 이모도 형수도 다
저 세상 사람이 되고 아들 한 죽을 낳겠다고 애첩을 얻었던
그 늙은이는 더 말할 것도 없이 벌써 이 세상에는 없는 사
람들이다. 죽음은 고마울 때도 있다. 이모나 형수를 그 슬
픔에서 구원할 자가 죽음밖에 또 무엇이 있는가. 지금은 돌
아볼 이 없는 두 과부의 산소에 봄 풀만 푸르렀을 것이다.


이튿날도 해가 저물어서야 나는 집에를 돌아왔다. 문의
누님이 반갑게 나를 맞아서 내 의관을 받아 주었다. 그도
내 이종 형수와 꼭 같은 신세다. 세상에는 행복된 사람이
없나보다. 혹은 박복한 내게 관계 있는 사람들만 그런가.

"무슨 일 없었어요?"

문의 누님에게 물었다.

"닭이 또 싸웠어요."

"뉘 집 닭하고? 한 목사 집 닭하고?"

"뉘 집 닭인지 제가 알아요?"

"그래서, 누가 이겼어요? 우리 닭이 지지는 않았지요?"

"지기는 왜요, 나중에는 그 닭이 죽도록 쪼여서 우리 닭
을 쫓았더니 달아났죠."

“아 참, 바루 아까 다 저녁때에 웬 사람이 이걸 지고 왔어요. 곧은골서 보낸 거라면 아신다고요.”

하며 문의 누님은 장지를 열고 웬 묵직한 자루를 끌어냈다. 곧은골이라면 실단의 시집이 있는 곳이요, 거기는 밤이 소산이었다.

“응, 알았어요. 그것도 불쌍한 사람한테서 온 거야요.”

“불쌍한 사람한테서요? 어디 또 저 같은 사람이 있나요?”

“예, 맨 불쌍한 사람입니다. 내가 오늘까지 사흘을 돌아다녔는데 불쌍하지 않은 사람은 하나도 못 만났어요. 남편이 있어서 불쌍한 사람, 없어서 불쌍한 사람, 있을 적에도 불쌍하다가 없어져도 불쌍한 사람. 이 밤을 보낸 사람도 마음에 없는 남편한테 시집을 갔다가 일 년 만에 과부가 되었어요. 그러니 있어도 불쌍, 없어도 불쌍이 아냐요? 하지만 싫은 남편하고 사느니보다는 남편이 없이 사는 게 안 좋아요?”

“그렇게 생각하면 그렇지만 풀잎에 이슬 같은 기쁨이라도 있는 것이 없는 것보다 낫지 않아요?”

문의 누님의 말에는 인생철학이 들어있었다.

“어디 밤 좀 주슈.”

하고 나는 기분을 고치려 하였다. 그 속에는 편지가 들어

있었다. 좁게 접어서 세모나게 맨 종이였다.

"오라버님 전

이 밤은 실단이 새벽마다 집 뒤 밤나무 갓에서 한 톨 한 톨 아람 주워 모은 것이오니 겨울 밤 화로에 구우시와 맛 보시옵소서."

이뿐이었다. 하지만 '실단이가 한 톨 한 톨 주워 모은' 이 얼마나 간절한 구절인고. 이 한 톨 한 톨의 밤에 실단의 손이 닿았던 것이다. 나는 형언할 수 없는 감격을 느꼈다. 오 년 전 외가에서 윷놀이하던 이튿날 실단의 집에서 실단은 말없이 화로에 밤을 구워서 나를 먹였다. 말은 없었으나 사 랑이었다. 실단의 밤을 입에 물고 고맙게 기쁘게 나는 씹었 다. 실단의 가무스름한 살빛, 살이 비추이는 손톱, 소리 없 이 웃는 웃음, 이런 것이 모두 눈앞에 어른어른 하였다.


오랜만에 학교에 가보니 과연 내가 없는 사흘 동안에 중 대 사건이 있었다. 새 교수인 미국 선교사 오웬 목사가 이 학교를 예수교회 학교로 개조할 임무를 가지고 왔던 것이 었다. 그는 월요일 조회에 직원과 생도에게 일장의 훈시를 하고, 직원회를 소집한 후 개별적으로 만나 의견을 청취하 였다. 그 동안에 한 목사가 오웬 목사의 방에 들락날락한 것은 말할 것도 없다. 그리고 어제 아침에는 학생들 조회시간에 즉석에서 교장 투표를 시켰고, 직원회를 열고 또 그와 같은 투표를 했다. 개표 결과 내가 다섯 표를 얻었다. 그 결과대로 한다면 교장은 내가 되어야 할 것이었다.

또 오웬 교수는,

"이 학교, 이제 교회의 학교 되었으니, 세례 안 받은 사람 교회학교에 직원 될 수 도무지 없을 것이오."

하여 어제 오후부터 세례문답이 시작되었다 한다. 나는 이만한 예비지식을 가지고 오웬 목사 방을 찾았다. 나는 조선식으로 허리를 굽히지 아니하고 서양식으로 고개를 빳빳이 한 채 그와 악수를 하였다. 내가 동경서 다니던 학교에 미국 선교사 선생들이 여러 사람 있었기 때문에 나는 서양식 예절을 아노라 하였고 영어도 중학으로는 남보다 잘한다는 칭찬을 받았었다. 오웬 목사는 이 시골구석에서 꾀죄한 조선옷을 입은 초라한 청년이 서양식으로 인사를 하고 영어로 지껄이는 것이 의외인 모양이어서 그가 도리어 조선식으로 허리를 굽히고 수줍어하는 것이 우스웠다. 나는,

"당신이 오셨는데, 내가 여러 날 학교를 떠나 있어서 미안합니다. 궁벽한 산촌이라 불편하신 것이 많으실 줄 압니다."

이런 인사말을 미리 영작문 짓듯 준비하였던 것이다. 그러나 속에도 없는 아첨을 한 것 같아서 불쾌하였다. 그는

자기가 침대에 옮아앉고 의자를 내게 권하면서,

"처음 만나 김선생 말씀 많이 들었습니다. 또 이번에 와 보니 듣던 바 이상으로 직원이나 학생이나 모두 선생을 존경합니다. 투표해서 알았습니다. 김선생 이 학교의 지도자십니다. 책임 무거우십니다. 김선생 학식 있고 능력 있어도 하느님의 은혜와 성신의 도우심 아니면 이 무거운 책임 다 잘하실 수 없다고 믿습니다. 김선생 톨스토이 연구하신단 말씀 들었습니다. 그러나 톨스토이는 사람이요, 하느님이 아니니 존경하는 것 가하나 믿는 것 불가합니다. 또 찰스 다윈의 생물 진화설로 말하면 단지 한 가설에 불과할 뿐 증명된 진리가 아닙니다. 그러므로 이를 어떤 학자의 의견으로 가르치는 것은 상관이 없지마는 그것을 진리라고 믿게 하는 것 죄라고 안 할 수 없습니다. 세상에 안심하고 믿을 책 한 권 있으니 그것은 성경입니다. 나는 김선생 성경 더 힘들여 연구하시기 바랍니다."

그의 말은 논리에 맞게 꼭꼭 째여서 있기 때문에 잊을 수가 없다. 그는 연배나 학식으로 보아 내게는 스승이라도 큰 스승의 자격이 있다. 그러하건마는 나는 그의 훈계적인 태도에 반감이 일어남을 금할 수가 없었다. 그래서 그의 말이 끝나기를 기다려 거만하게 가슴을 떡 버티고 떨리도록 흥분한 목소리로,

"내가 예기(豫期)하지 않았던 당신의 강의에 대하여는 감사할 의무를 느낍니다. 그러나 지금 내가 당신을 찾은 것은 한 친구를 발견하려 함이지, 선생을 구함은 아니었습니다."

하였다. 나는 지나쳐 흥분한 것이 부끄러웠으나 당연히 할 말을 당당하게 하였다고 자신하고 일어났다. 그는 손을 내밀며,

"나는 김선생을 불쾌하게 한 것이 미안합니다. 당신을 모욕할 의사 조금도 없었습니다."

하고 내 손을 잡아 흔들었다. 그의 손은 따뜻하였으나 내 손은 찼다. 나는 이제는 이 학교 교장이 되기는커녕, 이 학교에 있기도 다 틀렸다고 분개 비슷한 생각을 가지고 집으로 왔다. 애초에 학교를 선교사의 그늘에 두어 일본 관헌의 압박을 면하자는 것부터 내 비위에는 맞지 않았다. 하물며 선교사의 비위를 맞추어가며 교장의 자리를 탐하는 것은 더러운 일 같았다.

나는 집에 돌아와서 실단의 밤을 화로에 구워 먹으며 짐을 벗어 놓은 기분으로 있었다. 그리고 이제 떠나면 누구를 그리워하면서 내 행색을 알리고 싶은가 생각해 보았다. 물론 조국 삼천리 강산이 내 그리운 임일 것은 물론이지마는 그밖에, 아니, 그것을 대표하고 상징하는 살 있고 피 있고 몸 따뜻한 아름다운 사람이 있었으면 싶었다. 압록강을 건

널 적에, 청석령을 넘을 적에 그리워할 임이 있고 싶었다. 내 마음에 떠나 올 수 있는 애인은 실단이 뿐이었으나, 시집가서 과부 된 여자를 애인으로 삼기는 어려웠다. 그러면 어디에서 만날까. 그렇다. 영웅이 나면 용마가 난다고 내가 났거든 내 애인이 안 났으랴. 났건마는 아직 만나지 못함이다. 그렇다, 오직 못 만났을 뿐이다. 그도 어디서 누구인지 모르는 나를 기다리고 있을 것이다. 내게 돌아올 큰 명예가 아직도 저편 구름 속에 감추어 있는 모양으로, 내 평생의 애인이 될 잘 나고 덕 있고 재주 있는 여성도 어딘지 모르나 극히 깨끗한 곳에서 볕과 이슬을 받으며 향기를 담뿍 담은 봉오리를 짓고 숨어있는 것이다.

이렇게 생각하고 나는 두 손을 마주 잡아 재 아래 읍하고 그린 듯이 깎은 듯이 앉아 보았다. 이렇게 하면 내가 무척 음전하고 위엄 있는 것 같았다. 그러나 마음이 가라앉으매 자꾸 아픈 데가 생겼다. 나는 원래 어려서도 잔병치레를 하여 아버지를 괴롭게 하였지만, 이 학교에 온 후에 심한 과로와 영양부족으로 더 몸이 약해졌다. 그런데 몸이 건강치 못해서야 큰 사람이 될 수 없지 않은가. 그러나 내게는 한 가지 신념이 있었다. 나는 큰 사람으로 큰 일을 하기 위해 세상에 태어난 사람이므로 그 일을 이루기 전에는 결코 죽지 않는다는 것이다.

이 이야기를 쓰고 있는 나는 벌써 오십이 넘어 육십 고개도 멀지 않은 사람으로서 누가 보든지 신통치 않은 인물이요, 앞으로도 별로 신기한 일이 있을 것 같지 않건마는 그래도 나 자신은 아직도 옛날의 신념을 은근히 품고 있다. 나는 큰 사람이라고. 그러나 일이 뜻대로 되지 않을 때, 믿었던 것이 틀어질 때 내 믿음이 흔들리는 수는 가끔 있었다. 실단이 일이 틀어질 때나, 내가 장가든 아내가 반드시 요조숙녀가 아닌 때나, 또 내가 ○○학교에서 받은 여러 가지 타격도 내 운명이 그다지 시원한 것이 아니라는 낙심하는 생각을 준 전례였다. 무슨 일이나 될 듯하다가는 틀어지고, 어찌어찌 바라던 대로 되더라도 신통치 않게 되고 마는 것이 내 운명인가 싶었다.

지금 교장의 지위가 내 목전에 있건마는 나는 그것 역시 될 듯하다가 말 것이라고 직각(直覺)하였다. 그럴 바에는 내 편에서 미리 차 버리는 것이 상책이다. 되고 싶은 마음이 있다는 내심의 약점을 남에게 보였다가 미끄러져서 비웃음거리가 되기보다는 애당초에 그까짓 것은 헌신짝같이 돌보지도 않는다는 사내다움이나 보이자는 것이다.

'가자, 떠나자, 새 운명을 개척하자.'

나는 벌떡 일어나며 소리를 질렀다.

내가 뜰에서 닭 모이를 주고 있을 때에 한 목사가 오웬 목사와 함께 들어섰다.

"오, 김 선생 닭 기르시오?"

하고 오웬 목사는 그 거무튀튀한 얼굴의 한 구석에 웃음을 띠운다.

"오, 훌륭한 수탉이요. 그가 싸움을 잘한다지요?"

"네, 잘 싸우지요. 우리 수탉은 누구와 싸울 것을 잘 알지요. 부정, 불의를 보고는 참지 못하지요. 옳지 않은 자는 용서하지 않지요."

하고 한 목사를 돌아보았다. 한 목사는 입맛이 쓴 듯이 한 번 입을 움직였다. 오웬 목사의 얼굴에서는 웃음이 스러졌다. 그러나 지금은 손님을 맞을 때요, 독한 말로 한 목사에게 원수를 갚는 때가 아니었다. 나는 오웬 목사의 눈에 내가 어떻게 고약하게, 초라하게 비추었을 것을 생각하니 분하였다. 이로써 민족의 수치를 또 하나 보탠 것이라고 생각하였다.

"들어오시오."

하고 얼굴에 화색을 지어 띠우고, 내 방문을 열고 손님을 인도하였다. 그러나 내 방의 찌그러지고 얇은 문이나 크기가 키가 큰 오웬 목사에게 불편하였다.

"앉으시오, 오웬 목사."

하고 내가 먼저 앉았다. 그리고 나는 문의 누님에게 밤과 달걀을 찔 것을 부탁하였다. 수만 리 밖에서 우리 민족을 가르치기 위하여서 오신 손님이 내 집에 임하였으니 나는 개인 감정을 초월하여서 힘을 다하여 그를 우대하여야 할 것이라고 느꼈다.

"우리 조선 민족은 물질주의를 경멸하고 정신주의를 존중하여 왔습니다. 우리는 화려한 큰 집에 사는 것을 선비의 수치로 알았습니다. 우리는 여러 고적에서 보는 바와 같이 그림과 조각만 아니라 희랍 건축에 비길 건축 예술도 가지고 있었건마는 그것을 국가나 종교적인 건물에만 썼고 점잖은 개인의 주택은 항상 검소한 것을 숭상하였습니다. 맑은 가난이야말로 우리 민족의 자랑이었습니다."

나는 이런 소리로 우리 집을 변호하였더니, 천만 의외로 오웬 목사는 그것을 대단히 흥미 있게 듣는 모양이어서,

"오, 감사합니다. 김선생 말씀으로 내가 알 수 없다고 생각하던 조선의 한 문제에 대한 설명을 얻었습니다."

하고 매우 정중하게 사의를 표하였다. 그러는 동안에도 그는 책장에 끼인 책을 둘러보고 있었다. 원래 몇 권 안 되는 책일 뿐더러 그것도 계통 없이 주워 모은 문학서적이었으나 그 중에 이채라고 할 만하게 눈에 띄는 것은 톨스토이 전집의 영문역 열네 권 한 질이었다. 그 다음에는 뚜르게네

프, 고리끼의 소설이 각각 오륙 종, 위고의 『레 미제라블』
과 졸라의 『파리』가 꽤 크고 두꺼운 책이요, 그 다음에 셰익
스피어, 디킨즈, 스콜의 소설과 밀턴, 바이런, 워즈워드, 테
니슨의 시집 등이 있었다. 이런 책들은 내가 그 때의 영어
지식으로는 잘 읽지도 못하는 것이지마는 그래도 아는 체
하는 것과 알려는 욕심으로 끌고 다니는 것이요, 내가 미쳐
서 읽던 모파상의 『한 여자의 일생』이 다홍껍데기로 눈을
끌었다. 그 밖에는 일본 문학 등속이 있고 한 편 구석을 온
통 차지하고 있는 것은 내각판 칠서와 기타 한문서적이었
다. 이만한 장서는 서양 사람의 눈으로 보기에는 실로 문제
도 안 되는 것이었지만 오웬 목사는 상당히 경의를 표하는
표정을 하였다.

"오웬 목사는 누구의 시를 가장 사랑하시오?"

"물론 롱펠로우가 첫째지요. 나는 아메리카 사람이니까,
또 그가 가장 잘 아메리카를 아는 시인이니까."

그는 서슴지 않고 이렇게 대답했다. 이어서,

"대학에 있을 때에는 브라우닝을 제일 좋아하였습니다.
그리고 밀턴의 『실락원』은 억지로 읽었습니다. 신학을 배울
때에는 라틴 말 공부를 위하여 로마 시인의 것을 읽었으나
히브리말을 읽게 된 뒤로는 구약 시편을 가장 애독하였습니
다. 호머도 희랍말 공부로 읽었으나 나는 시인이 아닙니다."

오웬 목사의 말은 점잖고 진실하였다. 그러나 나는 그의 말에 납작하게 눌려버리고 말았다. 로마 시인, 희랍 시인, 이런 것은 말은 들었으나 한 구절도 나는 아직 읽어 본 일이 없었다. 영어는 노루 꼬리만큼이라도 알지마는 희랍어, 라틴어는 내게는 쥐뿔이요, 거북이 털이었다. 나는 왜 고등학교에를 안 다니고 이 시골구석에 초학 훈장이 되었는고 하고 분통이 터질 것 같았다. 이 때에,

"밤하고 달걀하고 꿀물, 여기 가져왔어요."

하고 장지를 방싯 여는 문의 누님이 아니었던들 나는 내 몸을 둘 곳이 없었을 것이다.

"오, 대단히 좋소, 훌륭하오."

하고 오웬 목사는 우리 가난한 정성의 대접을 진정으로 만족하게 받는 모양이었다. 나도 대단히 낯이 났다. 이 모양으로 한 시간이나 앉아서 이야기하다가 오웬 목사는 영어로,

"아까는 김 선생을 불쾌하게 하여서 미안합니다. 나는 결코 악의를 가지고 한 것은 아니니 용서하시오."

하고 일어났다. 나올 때에 마당에서 문의 누님은 잠깐 고개를 숙이고는 반쯤 외면하고 섰다. 나는 조선의 문화를 거기서 본 것 같았다. 오웬 목사도 이를 느꼈는지 심히 부드러운 태도로,

"다 맛나게 먹었습니다. 고맙습니다. 예배당에 오십시오."

하였다.

대문 밖에 나가서 한 목사가 내게로 한 걸음 다가오며,

"김 선생님, 내일 세례문답 하십시다. 문답 요지 여기 있으니 한번 보시고 잘 생각하십시오."

하고 종이에 쓴 것을 내게 주었다.

"네, 보겠습니다."

하고 나는 냉담하게 대답하고 종이도 대수롭지 않게 받아 쥐었다. 나는 한 목사가 내가 이렇게 푸대접하는 태도를 알아보기를 바랐다.


이튿날 방과후에 나는 예정대로 오웬 목사에게 세례문답을 받았다. 그는 내가 대답하기 싫어할 것은 안 묻는 모양이요, 순전히 신약 전서 예수의 말씀에 대하여서만 묻고 주기도문을 외우라 하였다. 이것은 내가 매우 좋아하여서 썩 잘 외우는 것이었다. 그리고 주기도문의 뜻에 대한 내 대답도 오웬 목사를 만족시킨 모양이었다. 아마 그는 내가 거짓말은 안 하는 사람으로 믿은 모양이어서 그 점을 크게 본 듯하였다. 한 목사의 질문에도 극히 겸손하고 정중하게 대답하였다.

나는 세례교인이 되었다. 세례라야 물 몇 방울을 머리에 떨어뜨리는 것에 불과하지만, 그래도 원래 감격성인 나는 몸이 찌르르하였다. 수백 명 교인의 앞에서, 커다란 오웬 목사가 그 뱃속에서 나오는 웅숭 깊은 소리로 내 이름을 부르고,

"성부와 성자와 성신의 이름으로 세례를 주노라."

하고 머리에 물을 떨어뜨릴 때에는 숙인 내 얼굴로 흘러내리는 세례 물과 함께 내 눈물이 흘렀다. 나는 이에 교회학교에서 무슨 직원도 못될 것이 없는 양반이 된 것이었다. 이제 예배당에서 당당하게 기도도 하고 설교도 할 수 있는 양반이 된 것이었다. 뿐만 아니라 이것을 기회로 문의 누님도 예배당에 빠지지 않고 다니고 신약전서도 읽기 시작하였다.

내가 세례를 받은 지 이틀 후 학교에서는 오후 학과를 쉬고 새 교장 취임식이 있었다. 수선쟁이 백 선생은 얌전한 내 족형(族兄)과 함께 취임식장의 장식과 행사절차를 마련하였다. 당시에 대 유행이던 만국기가 장내에 엑스자로 늘여지고, 정면에는 태극기는 걸 수 없고 일장기는 걸기가 싫어서 학교 교기를 달았다. 나는 초례청에 나가는 신랑 모양으로 설레는 가슴과 흥분을 억지로 감추고 있었다. 이 날은 천기가 청명하여야 상서로울 터인데 처음에 바람이 불어서

비가 오다가 나중에는 눈으로 변하였다. 나는 보통 양복도 없고 해서 그 동안에 문의 누님이 다듬어서 지어준 시양목 바지저고리에 흰 명주 두루마기를 입었다.

'교장이 되면 교장답게 언행을 해야 할 터인데.'

하고 나는 취임식 시간을 기다리는 동안에 이런 생각을 해본다. 교장다우려면 첫째로 점잖아야 할 것인데 이 점잔이란 것이 내게는 딱 질색이다. 도대체 점잔을 빼려면 내 마음이 부동심이 되거나 아니면 꾸며야 할 텐데 이것이 나에게는 딱 질색이란 말이다. 슬프고도 기쁜 체, 있고도 없는 체, 소위 일흔 두 가지 체 중에 내가 가진 것은 단 두 가지밖에 없었으니, 그것은 모르고도 아는 체, 못나고도 잘난 체였다. 이따금 나는 잘하고도 못한 체하는 변덕이 있었다. 그래서 나는 나대로, 내가 생긴 대로 살자는 생각을 했다. 그러나 교장으로는 그럴 수는 없었다. 이것을 생각하면 교장이 된다는 기쁨이 갑자기 반은 감해지고 한숨이 나왔다.

종이 울었다. 예배당으로 모이라는 종이다. 교장 취임식은 학교만의 일이 아니요, 교회 전체의 일이기 때문이다. 식장인 예배당은 그만하면 입추의 여지도 없다고 할 만큼 모였다. 나는 백 선생이 앉으라는 자리에 앉았다. 학생들은 모두 새 교장인 나를 우러러 보는 것 같고 부인네 교인들까지도 오늘은 특별히 나를 우러러 보는 것이 분명하다고 생각하면서도 나는 그런 것은 염두에도 아니 두노라 하고 눈을 반쯤 감고 잔뜩 점잔을 빼었다.

이윽고 교주가 군수와 헌병분대장을 이끌고 참석하였다. 찬미, 기도, 성경 낭독이 순서대로 지나가고, 모두 기립하였다.

오웬 교주는 나를 단 앞에 세워 놓고 떨리도록 엄숙한 음성으로,

"김도경 선생, 학교 직원회에서 선거되고 본 교회 당회에서 승인하였으니, 나 설립자의 이름으로 ○○학교 교장으로 임명하는 것이요,"

하고 선언한 후에 내게 교장의 사령장을 준다. 나는 약간 고개를 숙여서 그것을 두 손으로 받았다. 오웬 교주는 다시,

"김도경 선생, 이제부터 이 학교 교장되셨으니, 나, 김도경 교장 좋은 교장 되실 줄 믿고, 학교 직원, 생도 여러분 김교장 지도 잘 순종할 줄 믿고 바랍니다. 우리 다같이 김교장 선생 하느님 은혜와 성신의 도우심 받으시기 위하여 기도합시다. 한 목사님 기도 인도하실 것이요.'

하고 한 목사를 돌아본다. 한 목사는 일어나서 교주가 섰던 자리에 나와 축복 기도하는 모양으로 두 손을 앞으로 높이 들면서,

"사랑하는 부형 모매(母妹)님, 우리 김 교장님 위하여 다 같이 기도 올립시다."

하고 긴 기도를 올린다. 내게 호의를 가진 기도를 하여서 나도 만족하였다. 다음으로 나의 교장으로서의 간단한 취임사가 있게 되었다.

"오웬 교주는 내게 감당키 어려운 무거운 짐을 지우셨습니다. 그러나 하느님의 은혜와 오웬 교주의 지도와 직원 여러분의 협력으로 맡은 직책을 다하려 합니다. 손님 여러분과 교회 여러분도 이 어린 교장을 잘 도와주시기 바랍니다."

이것뿐이었다. 나중에 알고 보니 내 이 인사말이 매우 여러 사람에게 호감을 주었다 한다. 식이 끝난 뒤에는 간단한 축하회가 있었다.


좋은 일이 생길 때에는 좋은 일만 생기는 것 같았다. 집에 돌아와 보니, 아내가 큰 배를 안고 돌아와 있었다. 처형도 집으로 가는 길이라 하여서 들르고 쌀과 콩, 녹두, 참깨, 참기름, 떡과 술과 닭이 와 있었다. 아내가 친정에서 모두 얻어온 것이었다. 아내도 처형도 오니 우리 집은 전에 없이 북적북적하였다. 그들은 내 생일을 차린다 칭하고 처가에서 얻어온 물건으로 여러 가지 음식을 만들었다. 거만한 처형은 영 부엌에는 안 나가고, 모든 것을 지휘만 하고 있었다. 또 아내를 미련퉁이니 천동벌거숭이니 하고 험담을 하였다. 나는 몹시 불쾌하였다.

처형은 대단히 뻔뻔스러웠다. 내가 학교에서 돌아오면 곧잘 내 자리를 깔고 내 방에 누워있었다. 이것이 예에 어그러지고 버릇없는 일인 것은 말할 것도 없다. 그는 내 옷을 받아 걸고 감히 내 손을 만졌다. 처형이 와 있는 동안에는 문의 누님은 말할 것도 없고 아내도 내 곁에 올 기회가 없었다. 처형은 내가 졸려서 짜증을 낼 때까지도 내 방에 있었다. 어서 갔으면, 하는 처형은 좀체 갈 생각을 안 하고 문의 누님이 집에를 가보고 오겠다고 가고 말았다.

처형이 우리 집에 온 일이란 것은, 그 시집 재산의 일부를 내가 샀다는 형식으로 내 이름으로 돌리게 해달라는 것이었다.

"아니, 언니가 왜 안 가?"

나하고 단 둘이 된 경우에 아내는 이렇게 짜증을 내었다.

"인제 가실 테지, 언제까지나 계시겠소?"

내가 이렇게 말하면 아내는,

"난 언니가 가라고 할 테요. 언니가 집에 있으면 좋지 못한 일이 생길 것만 같아요. 아니, 난 언니 싫어."

하고 눈물까지 떨군다.

"아서, 형제 아니야. 여러 형제도 아니고 단 두 형제인데 그렇게 생각해 쓰나. 어서 가시는 날까지는 좋은 낯으로 대하시오."

아무리 둔하고 못난 아내라도 여자가 되기에 필요한 총명과 감수성은 다 갖고 있다고 생각했다. 그러나 형제간에, 한편에서는 멸시하고 다른 편에서는 미워하지 않으면 안되는 일이 있는 것이 슬펐다. 친정 재산에 관한 새암이 없고 처형이 과부만 아니런들 이런 불화는 없을 것이라고 생각하였다.

처형은 그 후로 사흘이나 동생이 주는 미운 밥을 먹다가 떠나 버렸다. 처형이 떠날 때에는 아내는 섭섭하다고 하며 날더러 데려다 주고 오라고 졸랐다. 나는 내키지는 않았지만 젊은 부인을 사 오십 리 길을 혼자 보낸다는 것도 인사가 아니었다. 나는 문의 누님을 청해다 놓고 처형을 데리고 집을 떠났다.

길은 반 이상이 산길이었다. 입동 추위를 하느라고 바람은 대단히 매웠다. 처형의 흰 얼굴은 까무스름하게 얼었다. 배오개라는 주막거리가 우리가 낮잠을 할 곳이어서 우리는 마치 처가에 가는 내외 모양으로 둘이서 주막집을 골라 들었다. 더운 방에서 몸이 녹으니 방이 좀 흰해졌다. 담벼락에 해묵은 빈대 피도 눈에 뜨이고 파리똥으로 장식을 한 듯한 장롱도 보였다.

처형은 벼르고 벼르던 이런 기회를 십분 이용하려는 듯하였다. 그는 오라비 앞에 있는 어린 누이의 눈과 같은 아무 거리낌없는 눈으로 마음놓고 나를 바라보았다. 그의 눈에서 그 무엇을 찾는 빛만 떼어놓으면 그는 아름답고 다정한 여성이었다. 더구나 오래 남편의 정에 굶주린 그가 누르고 참았던 애정을 마음놓고 탁 터 놓으면 그 힘이 어떠한 것인가 오직 본 사람만이 알 것이다. 물론 그는 외면으로는 어디까지나 아우의 남편에게 대한 처형의 태도를 잃지 않았다. 그의 말하는 말은 애정에 관한 것은 하나도 없었고, 자기의 재산에 관한 정, 친정 어린 오라비에 대한 염려 또 문의 누님이 불쌍하다는 이야기, 시집 사정과 자기를 넘보는 일가들 이야기 이런 것뿐이었다. 그러나 그 결론은 언제나 모든 것을 나만 믿는다는 것이었다.

그러나 나는 그의 입으로 하는 말과 마음 속에 일어나는 소리와는 아무 관계도 없는 것을 안 보려고 해도 안 볼 수가 없었다. 그의 마음 속의 소리를 전하는 것은 그의 혀가 아니요 눈이었다. 나는 그가 애써 감추는 불길이 그의 살과 옷을 뚫고 나와서 내 몸에 닿는 것을 안 느낄 수 없었다.

이 때에 그의 기갈을 채울 것은 오직 남편을 주는 것이었다. 남편만 준다면 아마 그가 그렇게도 탐내는 재물도 아낌

없이 내어 던질 것이다. 그러나 그가 남편을 가지기는 심히 어려운 일이었다. 그것을 단순히 우리 사회의 인습에 얽매우는 것이라면 그만이거니와, 그렇게만 말할 수도 없는 것이다. 인습이 오래 묵으면 양심이 되는 것이다. 그래 재가한 여자는 지위가 뚝 떨어져 그 자신만이 행세를 못하는 것이 아니라 그 자손까지도 양첩의 몸에서 난 서자 이하로 천하여진다. 오늘날로 하면 공민권을 잃는 것이다. 처형이 재가하기가 이래서 어려운 것이었다. 재가할 수 없는 경우에 우리 여성들이 취하는 길이 몇 가지 있었다. 하나는 남편을 따라서 죽는 것이요, 둘째는 이성에 대한 욕망을 죽여버리고 수절하는 것이요, 또 하나는 승(僧)이 되는 것이었다. 요새 같으면 세상을 위하는 사업에 몸을 바치는 일도 있다.

그런데 처형은 남편을 따라서 죽을 기회도 놓쳤다. 아들이 있으니, 남편을 따라서 죽는 것보다도 아들을 길러서 남편의 뒤를 잇게 하는 것이 더 옳은 길이었다. 처형은 그 길을 취한 것이었다. 그러나 그는 남달리 건강한 육체와 치열한 애욕을 타고났고 이것을 누르는 공부가 없었다. 그렇지 않으면 이 정열을 다른 데로 돌려야 할 텐데 재산을 탐내는 것이 그 하나이지마는, 재산은 그에게 애욕의 대신이 못될 뿐더러 재산으로 인하여 그가 부요(富饒)하고 한가한 생활이 가능하기 때문에 도리어 그의 정욕을 왕성하게 하는 근

본이 되어버렸다. 그러므로 그에게 남편을 못 줄 바에는 종교적 신앙 같은 정신 생활을 주거나, 온종일 몸이 피곤하여서 누우면 잠이 들 노역을 주거나, 그렇지 않으면 악의악식(惡衣惡食)으로 몸을 쇠하게 할 수밖에 없었다. 나는 그에게 성경을 읽어서 모든 것을 하느님께 맡기고 편안한 마음을 얻으라고 권하여 보았다.

술이 들어오고 국수가 들어왔다. 제 머리 꽁지로 제 머리를 동여맨 수염 난 총각이 김이 무럭무럭 나는 국숫물을 가져다 놓고 음충맞게 씩 웃고 나가며 수심가 가락을 휘파람으로 불었다. 이것을 보고 나도 웃고 처형도 웃었다. 그렇게 웃고 나니 한결 마음이 가뿐하였다.

"자 인제 갑시다."

하고 내가 먼저 일어났다. 우리는 국숫집 문을 나섰다. 그 총각의 소리가 우리의 뒤를 따랐다.

"어떤 사람은 야
팔자가 좋아서 어, 어
장독 같은 색시를, 을
껴안고 자는 데 에, 야
이 놈의 팔자는, 은, 요
무르팍을 안고서, 야
새우잠만 자누나아랑,

차마 진정, 네 모양 그리워서, 엉

나 못 사리로다.”

나는 킥킥 소리를 내어 웃었다. 처형도 웃었다.

이로부터 앞길은 가벼운 마음으로 유쾌하게 걸었다. 살얼음 지핀 강을 내가 그를 업어서 건널 때에도 아무 거드름이나 꾸밈없이 가장 천연스러웠다. 내가 빨갛게 언 다리와 발을 닦고 말리는 동안에 때 버선을 자기의 품에 품어서 녹이는 것도 부자연하지 않았다.

그의 집에 가서는 그는 수줍고 내외성 있는 며느리였다. 내게 대해서도 고개를 소긋하거나 외면하고 말하였다. 이튿날 내가 떠날 때에 그는 대문 밖에서 낮은 목소리로 인사하였다. 그는 그가 친정에서 보이던 말괄량이도 아니요, 장사꾼 같이 욕심이 그뜩 찬 여편네도 아니었다. 또 그는 눈으로 입으로 불같은 정열을 뿜던 정욕에 주린 젊은 과부도 아니었다. 그는 예절다운 며느리였다.

나는 어제 둘이 오던 길을 혼자 돌아오면서 생각하였다.

‘아아, 사람은 배우라.’

# 3. 명암(明暗)

스무 살 적 이야기가 너무 길었다. 그러나 내가 인생 바다에 나드는 시작이기 때문에 신통치 않은 일 같으면서도 다 내 일생에는 요긴한 원인이 되고 영향을 주는 것이어서 빼어 놓기가 어려웠다.

이번 이야기는 내 싹트는 애욕의 번뇌의 계속인 동시에 개인으로서 또는 민족의 한 사람으로서 저를 완성해 보려는 어린 노력의 기록일 것이다. 아직 청춘기의 폭풍우 철에 들어선 것은 아니지만 무서운 저기압의 앞발이 내 눈앞에 번득이기 시작하는 때였다.

나는 세례를 받고 교장이 되면서 엄청난 결심을 새로 하였다. 술도 담배도 입에 아니 대리라. 마음에 음란한 생각을 품지 않으리라. 남을 미워하지 않고 남을 어리석다 아니 하리라. 나는 사랑의 사도라 하기에 한 점의 허물도 없게 하리라 하고 굳게굳게 작정한 것이었다. 나는 기숙사의 한 방을 내 방으로 정하였다. 학교를 위하여서 전 생명을 바칠 결심이었다.

나는 내 집 살림만 아니라 학교의 경비 같은 것도 참견하지 않았다. 그것은 서무와 회계를 맡은이에게 맡겼다. 관청에 교섭하는 것은 백 선생에게 맡기고, 학부형이나 일반 사회에 대하여 학교를 대표하는 일은 늙수그레한 성 선생께 맡기고 나는 다만 학생을 지도하는 일만을 하였다. 그러므로 세상에서 보면 성 선생이 교장이요, 관청에서 보면 백 선생이 교장이요, 오직 학생들에게만 내가 교장이었다. 시초에 이것은 환영을 받았다. 더구나 나날이 열도를 가하여 가는, 교육에 대한 내 헌신적인 정성과 활동은 장난꾼 아이 녀석들에게까지 인식을 받았다.

나는 궂은 날이나 마른 날이나 새벽 기상 종을 쳤다. 이것은 기숙사에 있는 학생들을 깨우는 종이다. 종을 칠 때에는 벌써 찬 물에 소제를 하고 아침 기도와 성경 읽기를 끝낸 뒤였다. 종치기가 끝나면 아이들이 기운차게 떠드는 소리가 들렸다. 그 소리를 듣고 얼굴을 보는 것이 내게는 참으로 반갑고 기뻤다. 다음에는 책상 앞에 단정히 앉아 이

날 아침 모임에 학생에게 줄 말을 생각하였다. 그것을 거기 합당한 성경 한 절과 아울러서 강당 칠판에 똑똑히 써 놓았다. 이 짧은 글을 학생들이 베꼈다. '하루 한 가지' 하는 것이었다. 그리고 나는 다른 선생들과 꼭 같이 교수 시간을 맡았고, 밤에는 여전히 야학하고, 밤늦게 학교에 돌아오면 겨울이면 기숙사의 아궁이 보살피고 여름밤이면 어린 학생들 배 내는 것을 덮어 주고 내 방에 돌아왔다.

방에 돌아와서는 등불을 대하여 그 날 일기를 쓰고, 내일 학과 가르칠 것을 준비하고, 반성하는 명상을 하고, 저녁기도를 올리고, 자정이 넘어서야 자리에 누웠다. 자리에 누우면 팔, 다리가 쑤시고 잠이 들지를 않았다. 과로한 것이다. 그러나 나는 이 과로를 자랑으로 알았다. 나는 민족을 위하여 내 생명을 바치는 것이라고 저를 대견하게 생각하였다. 이것이 교만한 마음이어서 마땅히 떼어 버려야 할 것이라고는 아직 생각할 줄을 몰랐고 또 이렇게 과로한 정도로 여러 가지 일을 하는 것이 옳지 못한 줄도 몰랐다.

한겨울을 이렇게 났다. 내 몸은 퍽 수척하였으나 내 명성은 많이 올랐다. 나는 참으로 성자가 되는 것 같이 생각하였다. 지금 생각하여도 오늘의 내 인격에 조금이라도 취할 점이 있다고 하면 그 기초는 분명히 이 때에 생긴 것이다. 나는 그 때에는 완전히 '나'라는 생각을 버릴 상태에 들어

가는 시간이 있었다. 나는 집안 살림을 잊고 내 몸을 잊었었다. 항상 나를 괴롭게 하던 애욕도 거의 잊어버리게 되었다. 나는 하루 몇 번씩 집에 들려서 문의 누님을 대하였거니와, 혈속의 남매와 같이 서로 다정하면서도 서로 맑은 마음으로 존경할 수가 있었다. 그는 진실한 예수 교인이 되었다.

겨울방학이 되어서 학생들은 집으로 돌아갔다. 나는 먼 지방에서 온 굵직굵직한 학생 이삼 인을 데리고 전도 여행을 떠났다. 이 동네 저 동네로 다니며 예수 믿기를 권하고 동회를 세울 것과 청결을 시행할 것과 또 자녀들을 학교에 보낼 것을 권하는 것이다. 그 때에는 한 고을에 학교가 한두 곳밖에 없었고, 따라서 자녀들을 학교에 보낸다는 것은 큰일이요, 드문 일이었다. 이렇게 새 문화를 모르는 동네로 돌아다니면서 새 정신을 고취하는 일은 결코 쉬운 일은 아니었다. 우선 머리를 깎고 모자를 쓰고 검은 옷을 입었다는 것이 농촌 백성들에게 외국사람과 같은 생각을 주어서 아이들까지도 싫어하고 무서워하였다. 그러다가 우리가 누구인 줄을 안 뒤에야 호기심을 가지고 우리 곁으로 모여들었다. 머리를 깎았다는 것은 일본사람이면 무섭고, 한국사람이면 밉거나 천하였다. 머리를 깎은 한국사람이라면 중이거나 천주 학장이요, 그렇지 않으면 동학쟁이, 곧 일진회원이었기 때문이었다.

여러 가지로 힘이 들자, 나는 전도의 방침을 고쳤다. 예수께서 천한 사람들을 고른 것을 기억하고 우리 고을에서 가장 천한 촌락 둘을 골랐다. 하나는 광대골이요, 하나는 개무덤이었다. 광대골이란 것은 그 이름과 같이 광대들이 사는 동네였다. 우리는 먼저 광대골로 향했다.

광대골은 앞고개라는 고개 밑 골짜기에 소복이 모여 있는 이십 호 가량 되는 동네였다. 그들은 최씨 한 성으로서 아마 고려 적부터 오백 년 이상 이 곳에 사는 모양이었다. 본래는 번성한 읍내를 일터로 삼고 광대들이 여기 자리를 잡았던 것이었을 것이다. 그들은 줄타기와 재주넘기와 이러한 재주로 관가나 사가의 연회에 불렸고 그 아낙네들은 바디, 참빗, 황화 등속을 이고 지고 동네로 돌아다니면서 팔았다. 이러한 아낙네들을 사람들은 '자인이'라고 불렀다. 아마 장인(匠人)이란 뜻인가 한다. 그들은 어디를 가나 하대(下待)를 받았다. 물건은 현금으로 파는 일은 드물고 외상으로 놓았다가 가을에 쌀, 콩, 팥, 깨 같은 것을 받아가는 것이었다. 광대가 재인이나, 의복에 특별히 다름은 없고 그 얼굴은 도시인같이 말쑥하고, 옷맵시도 바느질 솜씨도 좋았다. 어머니들은 그것을 '천태(賤態)가 있다'고 하면서도 부러워하였다.

　이러한 재인네 중에는 특별히 말솜씨가 있고 교제가 능한 사람도 있어서 중매도 하는 모양이었다. 동네마다 집집마다 안 가는 데가 없음으로 어느 집에는 아들이 몇, 딸이 몇, 그 나이는 얼마, 얼굴은 어떻고, 침선 방적의 솜씨는 어떠하며, 그 집 인품이 좋고 나쁜 것, 안방이 어떻고 사랑이 어떻다는 것까지 모르는 것이 없었다. 나도 어려서 어머니와 재인네가 이러한 이야기를 주고받는 것을 수없이 보았다. 이 모양으로 나는 광대골에 사는 사람들이 어떠한 사람들인 것을 알았건마는 한 번도 그 동네에 들어가 본 일은 없었다. 이 사람들은 호적도 없고 구실도 안 내는 극히 천한 사람들이라고 알았을 뿐이었다.

　어린 시절, 내가 다니던 글방에 싱민이라는 광대골 아이 하나가 들어오게 되었다. 이것은 큰 사건이었다. 선생이 돈을 많이 받아먹고 들인 것이라고 일시 비난이 자자하였으나 쫓아 버리는 일은 없었다. 그는 나보다도 나이가 많고 얼굴도 깨끗하고 옷도 우리들보다 좋은 것을 입었었으나 우리들과는 따로 저 맨 윗목에 혼자 앉게 했다. 선생이 나가고 없으면 우리들은 싱민이를 못 견디게 굴었다. 재주를 넘으라는 둥, 거꾸로 서라는 둥, 바지를 벗어보라는 둥, 이렇게 우리들이 명령을 하면 그는 울면서도 하라는 대로 하였다. 우리들 중에는 능백이라는 떠꺼머리 총각 녀석이 있어서 싱민이를 못 견디게 굴었다. 싱민이는 선생님께 이른다고 하면서도 한 번도 이르는 일은 없었다.

싱민이가 장가를 들어서 상투를 틀고 오게 되었다. 관을 못 쓰기 때문에 상제 모양으로 가는 베로 두건 같은 것을 쓰고 왔다. 그러나 싱민이가 장가들 때에 음식을 많이 가져와서 우리가 다 잘 얻어먹었기 때문에 우리는 싱민이를 놀려먹는 것을 저으기 완화하였다. 싱민이 아버지는 참 허우대가 좋았다. 그는 재주도 잘하거니와 소리 잘하고 춤도 잘추었다. 그는 가끔 글방에 찾아왔다. 올 때면 선생님과 우리들이 먹을 것을 가지고 왔으나 방에 들어오는 일은 별로 없었다. 그는 의관이 화려하였으나 뜰에서 허리를 굽혀서 인사를 하였고, 혹시 추운 날 방에 들어앉으라고 권하여서 들어오는 일이 있으면 윗목에 잠깐 쭈그리고 앉을 뿐이었다.


나는 광대골에 싱민이를 찾기로 하였다. 음력 정초 지독히 추운 날이었다. 나는 혼자서 앞고개를 넘어서 광대골 동네 앞에 섰다. 나는 어느 집이 싱민이 집인지 몰라서 두리번거리고 있었다. 누구 물어 볼 어른이 나오기를 기다렸다.

겉으로 보아서는 이 사람들은 부지런도 하고 넉넉도 한 모양이었다. 집들은 다 크지 않은 초가일망정 지붕이나 울타리나 모두 가뜬하게 손질이 되어 있었다. 지나간 십 년 간에 변한 것은 이 동네가 농촌으로 변한 것이었다. 세상이 변하여서 인제는 줄타기나 춤추는 것으로 벌어먹을 수가 없어진 것이다. 양반 계급의 몰락은 곧 광대의 몰락도 되었다. 지금은 벼 한 말, 깨 한 되라도 제 손으로 벌어야 하게 된 것이다. 그것은 기생적 존재로부터 당당하게 독립한 생활을 하게 된 것이지마는 그래도 생활방식의 급격한 변화는 그들에게 상당한 불안을 주었을 것이다. 양반 계급이 농민과 노동자로 떨어진 것과 다름이 없는 혁명적인 고초를 그들도 당하였을 것이었다.

머리를 깎고 검은 옷을 입은 사람이 동네에 들어왔다는 것이 알려진 모양이어서 코 흘리는 아이녀석들이 모여들고 팔짱 낀 젊은 패들도 먼발치서 나를 바라보았다. 담대한 아이녀석 하나가 까치걸음으로 내가 선 곳에 오더니 우뚝 서서 고개를 번쩍 들고 내 얼굴을 쳐다보았다. 멀끔하게 잘생긴 아이였다. 긴 머리를 기름까지 발라서 댕기를 드려서 땋아 늘이고 초록 저고리에 다홍 돌띠를 둘렀다. 일곱 살이나 되었을까.

"네 성이 무에냐."

나는 빙그레 웃으며 그 아이에게 물었다.

"최가."

하고 그 아이는 여전히 물끄러미 나를 바라보고 있었다.

"너희 집이 어디?"

하고 그의 어깨에 내 손을 얹었더니 그는 무엇이 무서웠는지 쏜살같이 달아나고 말았다. 이 사건에 흥미가 생긴 양하고 어떤 키 큰, 관 쓴 사람이 내게로 가까이 왔다. 나도 그의 얼굴을 들여다보고 그도 내 얼굴을 바라보았다. 싱민이었다.(나는 싱민이라고 무슨 글자를 쓰는지 몰랐다. 아마 승민이거나 식민인지도 모른다.)

"이거 얼마만이요. 나를 모르시겠소? 내가 도경이야."

하고 나는 그의 팔을 잡으면서 말했다.

"아, 이거 웬일이시오?"

하고 싱민이도 내 팔을 붙들며,

"김 선생이 학교에 와 계시단 말씀은 들었지마는 찾아가 뵙지도 못하고, 그런데 웬일이셔?"

하고 그는 옛날 계급을 아주 파탈(擺脫)하기 어려운 모양이어서 극존칭의 경어를 쓴다. 나는 그것이 미안하였다.

"형을 찾아온 길야. 우리가 동문수학한 죽마고우가 아니오?"

나는 아무쪼록 그와 평교(平交)로서의 우정을 보였다. 글

방에 같이 다닐 적에도 싱민과 나와 이렇게 정답게 이야기
한 일은 없었던 것이다.

　그는 나를 그의 집으로 인도하였다. 그의 집이 이 동네에
서 제일 잘 사는 집인 것은 전부터 알았었지마는 이렇게까
지 잘 사는 줄은 상상도 못했다. 사랑에는 툇마루까지 있고
주련까지 붙어 있었다. 하릴없이 옛날 들날리는 양반 집 사
랑이었다.

　"자 이리 앉으시오."

　관을 쓴 싱민 군이 손님을 접대하는 방법도 턱 자리가 잡
혀서 마치 대대로 이런 생활에는 익숙한 것 같았다. 나는
주인석을 피하여서 푸근한 보료 위에 앉았다.

　"춘부장 안녕하시오?"

　하는 내 인사에 그는,

　"잠깐 기다리시오."

　하고 안으로 들어갔다. 이윽고 안으로 통한 문이 열리며
싱민의 아버지 순범이 나타났다. 나는 자리에서 일어났다.
그는 탕건을 쓰고 있었다. 순범은 방에 들어와 주인 자리를
피하고 나와 대면하면서 옛날 버릇으로 허리를 굽히는 것
을 나는 민망히 여겨서, 주인 자리로 그의 소매를 끌었으나
그는 굳이 사양하고 섰던 자리에 앉았다. 싱민이도 들어와
서 그 아버지보다 한 자리 뒤에 앉았다. 나는 그제야 순범

을 향하여 절을 하였다. 순범은 황망히 일어나 답배하였다.

"이거, 원, 무슨 망발이십니까. 소인네가 대대로 서방님 댁을 상전으로 섬겨 왔사온데, 아무리 세상이 바뀌었기로 어디 그럴 수가 있습니까. 이런 황송한 일이 없습니다."

하고 그는 그 좋은 구변으로 우리 집 조상 적 이야기를 털어놓고 우리 선인들이 남달리 인후(仁厚)하였다고 칭찬하였다.

순범은 여러 집에 기별을 한 모양이어서 늙은 사람 젊은 사람들이 많이 찾아왔다. 나를 대단히 반가운 큰손님으로 대우하는 빛이 분명하였다. 그들은 광대라는 천한 계급에만 태어나지 않았더면 정승 판서라도 하였을 것 같았다. 얼굴이 번뜻하고, 눈이 어글어글하고 콧마루가 우뚝 섰다. 오늘날로 말하면 그들은 예술가가 아니냐. 무슨 까닭으로 그들은 천하였느냐. 나는 젊은 정열에 그들이 대대로 받아온 천대와 학대에 대하여 격렬한 분격을 느꼈다. 아무리 해서라도 이들에게 새 문화의 빛을 주어서 수백 년 눌려 온 그들의 능력을 충분히 발휘하게 하고 싶었다.

나는 순범 부자의 친절한 만류를 받아서 그 집에서 묵기로 하였다. 하지만 어떤 모양으로 내 전도의 목적을 달할 수 있을까 생각하느라 잠이 들지 못하였다. 그들은 현재의 생활에 만족한 모양이었다. 못 쓰던 관을 쓰는 것으로 마치 그들의 불행한 날이 다 지나간 것 같이 생각하는 것 같았다. 만족한 사람에게는 도가 들어갈 수 없다. 그러니 내가 전도의 목적을 달하자면 먼저 그들의 잘못된 만족을 지적하여 이것을 깨뜨리는 것이 필요하였다.

이튿날 아침에 나는 정성으로 주는 조반 대접을 받고 사랑에 나오니 벌써 사람들이 가뜩 모여 있었다. 그들이 내게 묻는 말은 대개 유치한 것이었다. 일본에도 해와 달이 있느냐, 있으며 몇 개가 있느냐, 일본 가서 무슨 공부를 했냐, 그것은 무슨 재주냐고도 물었다. 그렇게 내가 공부가 용하면 왜 벼슬을 안 하고 이 시골에 묻혔느냐는 질문도 있었다.

우리 동포가 원하는 것이 첫째도 벼슬이요, 둘째도 벼슬이요, 셋째도 벼슬이었다. 옛날로 말하면 벼슬만 하면 돈은 저절로 있었다. 그래서 아들만 낳으면 소원이 벼슬이었다. 돈을 모아도, 벼슬을 하여서 지은 기와집과 모은 재산은 대접을 받아도 농, 상, 공으로 된 것은 천대를 받았다. 이렇게 벼슬을 좋아하는 기풍에서 벼슬을 사고 팔고 하는 일이 생겼고, 이것이 한층 더 발달하여서 벼슬이름만을 사고 파는 일까지 생겼다. 이조 말엽에 막 싸구려로 팔리던 진사, 주사, 참봉, 의관 같은 것은 그 중에도 유명한 것이었다. 처음에는 백 원, 이백 원 하던 것이 나중에는 이 원, 삼 원에 폭락하였다. 싱민이 아버지의 탕건도 아마 그렇게 산 것인 모양이었다.

그러나 이 때에는 벌써 우리 나라 벼슬은 없어지고 일본 사람이 와서 만들어 놓은 도장관인, 군수, 군서기, 경부 같은 새 벼슬이 행세를 하였다. 그 누구라는 자는 헌병 보조원을 하였다고 해서 일가문중에서 소를 잡고 도문언을 하였다. 군서기도, 소학교 선생도, 관리면 모자에 금줄을 두르고 허리에 칼을 찼다. 이 벼슬이 하고 싶어서들 모두 침을 흘렸다. 나도 사립학교 교장이 아니었더라면 모자에 금줄을 둘이나 두르고 금장식한 멋들어진 칼을 찼을 것이요, 그러기만 했으면 사람들이 내 말을 잘 듣고 아이들을 학교에도 잘 보내었을 것이건마는 불행히도 나는 벼슬을 못하였다. 오직 애국지사라 하여 헌병대와 경찰에게 미움을 받는 계급과 예수 교인들만이 사립학교 직원을 존경하였다.

이런 이유에서 이번 전도 여행에서 나는 이 일이 용이한 일이 아님을 절실하게 깨달았다. 민중이란 추세하는 동물이었다. 먹을 것 있고 세력 있는 대로 따라가는 것이 민중의 본능이었다. 나는 광대골서 이틀이나 묵었건마는 예수를 믿는다는 자도, 아들을 학교에 보낸다는 자도 하나도 얻지 못하였다. 나는 그 동네를 떠날 때쯤 해서 싱민이를 보고,

"글쎄, 남들이 다 내버린 관을 이제 와서 살 것이 무엇인가. 오는 세상에는 신학문을 공부한 사람이 양반일세."

하고 박절한 말까지 하였다.

"그래. 나도 그런 줄은 알지만, 어른들이 완고하시니까."

싱민이는 이런 듣기 좋은 말로 어물어물하여 버렸다.

"일본말을 가르쳐 준다면 사람들이 모일 거야."

싱민이는 이런 말을 하였다. 나는 내가 아는 일본말을 뱉어 버리고 싶도록 동포의 무기력하고 비굴한 소갈머리를 원망하였다. 그러나 돌이켜 생각하면 칠백 년 래로 깊이 뿌리를 박은 사대근성은 용이하게 빠지기가 어려웠다.

어리석은 나는 내가 가는 곳마다 교회가 일어나고 학교가 생길 것 같은 자신을 가지고 전도 여행을 떠났었던 것이었다. 그러나 지난 이십 일 간의 나의 소득은 몸에 오른 보리 알 같은 이뿐이었다. 나는 민중을 교화한다는 것이 얼마나 어려운 일인가를 깨닫고, 세상일이란 그렇게 만만한 것이 아니다 하고 몸에 소름이 끼침을 느꼈다. 나는 오웬 교주며 기타 선교사들을 생각하였다. 그들은 만리 타국에 와서 그 나라의 말을 배우고 그 민족의 풍속을 배워가면서 머리가 허옇게 되도록 전도와 의료와 교육 사업을 하고 있는 것이다. 나는 그들의 신앙, 그들의 정열, 그들의 인내력을 생각하고 저절로 고개가 숙여졌다.

나는 이상하게도 극히 정갈하고 고요한 자리를 찾아서 거기서 실컷 내 죄를 참회하고 하느님께 정성된 기도를 올리고 싶은 충동을 받았다. 나는 서벅서벅 소리나는 눈을 밟고 한 걸음 한 걸음 산골짜기를 더듬어 올라갔다. 앞고개에서 서쪽으로 올라가면 벼락바위라고 부르는 십여 길이나 되는 큰 바위가 있고 또 거기서 좀 더 올라가면 바다가 바라보이는 미륵바위라는 높은 바위가 있었다. 미륵바위는 대단히 거룩한 곳으로 여겨서 사람들이 노구미 정성을 드리는 곳이었다. 미륵바위를 내 큰 기도의 처소로 택하려는 것이었다.

눈은 차차 함박눈으로 변하고 있었다. 뽀얗게 안개가 가리워서 천지가 온통 황혼 빛으로 변하였다. 나는 약간 무시무시한 생각이 났으나 기어이 이것을 이기고 초지(初志)를 관철하려 하였다. 미륵바위 못 미쳐서 있는 성공 우물에서 세수를 하였다. 이마와 뺨이 칼로 에이는 듯하였으나 몸과 마음의 부정을 다 씻은 듯하여서 기뻤다. 마침내 나는 미륵봉 마루턱에 올라섰다. 문득 새 세계였다. 바람은 내 두루막 자락을 끊어져라 하고 날리고 흑흑 숨이 막히도록 공기는 찼다. 이따금 윽 하고 내 몸을 통으로 집어 던질 듯한 바람이 소리를 지르며 눈을 불어서 지나갔다. 바다 있는 방향

은 약간 훤할 뿐이요. 산인지 평지인지 분간할 수가 없었
다. 나는 나 자신이 눈가루 하나에 지나지 않음을 느꼈다.
얼마나 적은 나인고? 얼마나 하잘 것 없는 존재인고? 죄도
공도 붙을 나위 없는 미미한 나인 것을 이때처럼 절실하게
느낀 적은 없었다.

나는 미륵바위가 강한 바람을 막아주는 곳을 찾아서 솔
가지를 꺾어 눈을 쓸고 무릎을 꿇었다. 그러고는 기도를 시
작하였다. 내 첫 참회는 나의 교만에 관하여서였다. 왜 그
랬을까. 나도 모른다. 나는 저를 잘났다고 생각하고 있었으
나 교만하다고는 생각한 일이 없었다. 그러나 내가 광대골
이틀에 내 마음을 차지한 것이 교만이 아니었던가 생각했
다. 그들에게 절을 한 것도 교만이었다. 내가 너희들에게
절을 하니 황감하게 알아라 하는 생각이 있지 않았던가. 더
구나 그들이 내 말을 듣지 않을 때 나는 속으로 '괘씸한 것
들, 내가 저희들에게 절까지 하였거든' 하는 생각으로 반감
을 품지 않았던가. 나는 부끄러웠다. 내가 과거에 한 일과
현재에 마음 속에 먹은 생각을 돌아볼 때에 나 자신의 적
고, 더럽고, 건방지고 한 모양이 분명히 눈앞에 드러났다.

얼마나 시간이 지났는지 모르거니와, 내 눈에서는 끊임
없이 눈물이 흘렀다. 그것은 심히 뜨거운 눈물이었다. 돌아
가신 부모도 생각이 나고 조부도 생각이 났다. 나는 그들에

게 다 큰 죄를 지은 것 같아서 한량없이 슬프고 걷잡을 수 없이 느끼었다. 나는 마침내 소리를 내어 엉엉 울었다. 나는 왜 우는지도 잊어버리고 몸을 들먹거리며 울었다. 나라를 잃은 설움인 것도 같고, 제가 몹시 외로운 설움인 것도 같고, 동포를 건지려는 뜻은 있으나 힘이 없는 설움인 것도 같았으나 결국은 형언할 수 없는 설움이다.

나는 그로부터 십여 년을 지나서 금강산 영원동 개울 가운데 있는 바위 등에 앉아서 이와 같은 설움을 경험한 일이 있었으나, 어떤 중이 보고 이것은 나의 전생 다생의 묵은 설움이라고 가르쳐 주었다. 전생 다생에 죄도 많고 원통한 일도 많을 것이다. 그것이 마음이 맑고 고요한 틈을 타서 쏟아져 나온다는 것이다. 미륵바위의 설움도 그것일는지 모른다.

내가 울음을 끊고 고개를 들었을 때에는 천지가 온통 눈이 되어 있어서 지척을 분별할 수 없었다. 그 동안 시간이 얼마나 흘러갔는지 모른다. 나는 몸이 추운 것을 깨달았다. 나는 걸음을 옮기려 하였으나 다리가 잘 말을 듣지 않고 발에는 감각이 없었다. 머리가 쭈뼛하고 무서움이 생겼다. 내 몸은 언 것이었다. 나는 주먹으로 다리를 두들기고 발을 쳐서 감각을 회복하고 어디 가장 가까운 인가를 찾아가야 할 것 같았다. 망우리 고개를 조금 내려가서 있는 관음굴이라는 조그만 암자를 생각하였다. 나는 어려서 가 보던 기억을 더듬어서 산마루를 타고 서북쪽으로 눈보라를 거슬러서 걸었다. 눈은 쉬지 않고 퍼부었다. 방향을 알기가 어려울 뿐더러 높고 낮은 데를 가리기도 어려웠다. 땅과 허공을 분별하는 것도 때때로 불가능하여서 우두커니 서서 정신을 가다듬을 필요가 있었다. 나는 소리를 질러 보려 하였으나 입이 얼어서 소리가 나오지를 않았다. 나는 몸을 활발하게 움직이는 것이 얼어죽는 것을 막는 유일한 길이라고 생각하였으나 몸이 말을 듣지 않았다.

나는 바람을 피하느라고 산마루터기에서 낮은 데로 내려가기를 시작하였다. 이것은 분명히 내 잘못이었다. 나는 들쭉날쭉한 골짜기와 잡목 수풀 속에 들었다. 방향은 더욱 알 수 없고 걷기는 더욱 힘이 들었다. 거의 절망 상태에 빠진 나는 마침내 방향을 찾을 생각을 버리고 발이 가는 대로 갈 작정을 하였다. 자꾸 나려가노라면 어디나 인가 있는 데를 가리라고 생각하였다. 오직 걱정되는 것은 내가 내려가는 길이 병풍바위라는 절벽으로 향하는 것이었다. 나는 한 걸음 방향을 그르치면 병풍바위골로 떨어질 수 있는 자리에서 헤매는 것이었으나, 원체 눈 때문에 방향을 분별할 길이 없고 또 어려서 다녀 본 길이라 어림도 하기 어려웠다. 이렇게 얼마를 가노라니 까치소리가 들렸다. 까치소리가 나

면 인가가 가까울 것이다. 인가면 관음굴일 것이다 하고 나
는 새 기운을 얻었다.

그러나 까치도 다시는 짖지 않았다. 사뿐사뿐 눈 나리는
소리와 이따금 마른 가랑잎이 바람에 포로로 떨리는 소리
밖에 없었다. 참 고요하다. 나는 두 손으로 입을 싸서 입을
녹혀 가지고 한 번 소리를 쳐보았다. 이것이 내 소린가 할
만한 소리가 들렸다. 이렇게 세 번을 부르니 딸랑딸랑하는
소리가 들렸다. 그것은 저절로 흔들리는 풍경소리는 아니
요, 분명히 사람이 흔드는 요령소리인 것 같았다. 나는 기
운을 얻어서 더 힘있게,

"한 번 더 울려주오. 길 잃은 사람이요, 여기가 관음굴이
요?"

하고 외쳤다. 이 때 딸랑딸랑하고 요령소리가 여러 번 연
속하여서 울었다. 인제는 되었다. 나는 소리의 방향도 알았
고 거리까지도 짐작할 수 있었다. 나는 관음굴 바로 맞은
편 언덕에 있는 것이었다. 나는 기억에 남은 관음굴의 지형
을 생각하면서 골짜기를 건너갔다. 그리고 마침내 관음굴
돌 층층대 밑에 도달할 수 있었다. 나는 층층대를 올라가서
지친 대문을 밀었다. 안으로 걸려 있었다.

"노장님, 문 좀 열어 주시우."

하고 나는 언 주먹으로 대문을 두들겼다. 내가 무턱대고

노장님이라고 부른 것은 십 년 전에 보던 머리가 하얗게 세인 중을 생각한 까닭이었다. 그러나 웬일인지 한참이나 대답이 없었다. 그러면 금방 내 외침에 응하여서 요령을 흔들어 준 것은 누구였던가.

"노장님 문 좀 열어 주시오. 나, 저, 오릿골 학교에 있는 사람인데 눈 속에 길을 잃고 헤매다가 온 사람이니, 몸 좀 녹여가게 해 주시오."

그제야 방문 열리는 소리가 나고, 뜰로 걷는 소리가 나더니 누가 대문 빗장을 덜걱덜걱한다.

대문이 열렸다. 나는 깜짝 놀랐다. 대문 안에 선 사람도 놀랐다. 나도 말이 없고 그도 말이 없었다. 피차에 가슴만 들먹거렸다. 나는 내 눈을 의심하여서 내 앞에 마주 선 사람을 뚫어지게 바라보았다. 그는 한 걸음 뒤로 물러서면서,

"아머니나!"

하고 어안이 벙벙하다가, 눈에 고이는 눈물을 고개를 숙여서 떨구고 있었다. 나도 고개를 숙이고 한숨을 지웠다.

"추우시겠어요. 들어오셔요."

그는 치마 고름으로 눈물을 씻고 웃음을 지으며 앞을 섰다. 나는 모자와 두루마기를 툇마루에 벗어 놓고 그가 문을 열고 서서 기다리는 방으로 들어갔다. 후끈 하는 더운 김은 깨달을 수가 있었으나 눈이 얼어서 방안이 보이지를 않았

다. 그는 내 소매를 잡아끌어서 나를 따뜻한 방안에 앉혔다. 그제야 내 눈도 좀 녹아서 그의 얼굴과 눈을 볼 수가 있었다. 그는 실단이었다.

"근데 웬일이셔요? 어떻게 여기를 오셨어요?"

실단이가 반가운 웃음을 머금고 먼저 입을 열었다. 그의 부드러운 어성이 내 언 마음을 녹였다. 나도 평상스러운 마음이 될 수가 있었다.

"미륵바위에 올라갔다가 눈을 만나서, 관음굴로 오는 것이 제일 가까울 것 같아서 이리로 향했죠. 그런데 눈 때문에 지척을 가릴 수가 있어야지요. 요령소리가 없었더라면 나는 아직도 눈 속에 헤맸을 거야요. 그런데 실단 씨야말로 어째 여기 와 계시오? 나는 아까 대문이 열리고 실단 씨가 나타날 때에 내가 홀린 것이나 아닌가 했어요."

하고 나는 아까 놀라던 감정을 또 한 번 경험하였다.

"나도 그랬어요. 음성이 그런 것도 같았지마는 설마 웬걸 오시랴 했거든요. 아이참 어떻게나 놀랐는지."

"글쎄 실단 씨가 여기 와 계실 줄을 뉘라 알겠어요? 다시 만날 생각도 못했었는데. 대관절 어째서 여기 와 계시오? 혼자서?"

"금강산 가는 길야요. 혼자는 아니랍니다. 이 절 노장님이 계셔요. 어머니가 나하고 같이 오셨다가 집으로 가시는

데 노장님도 같이 갔어요. 인제는 돌아올 때가 되었는데 아직 안 오는군요. 눈이 와서 오기가 어려울 거예요. 그래서 어떡허나 하고 혼자서 걱정을 하고 있었는데 김 선생이 오셨군요.”

하고 자리에서 일어난다. 나는 조끼 옷 주머니에서 시계를 꺼내 보고,

“네 시 반인데요. 거진 해가 넘어가겠는데요. 이를 어쩌나. 이제 학교에를 가려면 저물겠는데. 여기서 이십 리가 넘을 텐데……”

하고 걱정을 하였다.

“가시긴 어딜 가셔요? 이렇게 눈이 오시는데. 거기 가만히 누우셔서 몸이나 녹이셔요. 나가서 무얼 좀 끓이겠어요.”

하고 실단은 밖으로 나간다.

나는 실단이가 부엌에서 움직이는 소리를 들으며 생각하였다. 참말 이상한 일이다. 내가 어찌하여 오늘 여기 오게 되었을까. 이렇게 짜 놓은 이가 하느님이실까. 불교에서 말하는 인연이라는 것일까. 아니면 한 목사 같은 이들이 말하는 마귀의 시험일까. 또는 단순한 우연일까.

칠 년 전 내가 동경에서 돌아와 나의 첫사랑을 끈 여성 실단, 그를 만 사 년 간 만리 타국에서 그리워 하다가 초례

청에 들어가는 한 시각 전에 만났었다. 나는 사랑하는 그를 못나게도 다른 남자의 초례청으로 들여보냈고, 그는 사랑하는 나를 두고 울면서 사랑이 없는 남자의 방으로 들어갔다. 그러나 이제 그는 과부가 되고 나는 사랑 없는 아내의 남편이 되어서 만났다. 이것이 무슨 보복일까.

인생의 빛을 잃은 그는 금강산으로 가는 길이라고 하니 머리를 깎고 중이 되어서 평생을 산간에서 마치려는 것이다. 그러하거늘 우리 둘은 왜 다시 만났는고? 반갑기는 하거니와 이는 기뻐할 수 없는 반가움이다. 도리어 더 애가 타고 기가 막히게 하는 반가움이다. 나는 이를 악물었다. 실단이가 때는 불에 내가 앉은 자리가 점점 더워 올라왔다. 나의 실단에게 대한 여러 가지 공상은 끝이 없었지만 얼었다 녹은 몸은 꼬박꼬박 졸리기 시작하였다. 나는 앉은 대로 졸고 있다가 문을 여는 소리에 번쩍 정신을 차렸다. 실단은 불기에 밥을 담아서 다홍 행주를 덮어 들고 들어와서 불탑에 놓았다. 그리고는 불탑 옆에 달린 경쇠를 땅땅땅 쳤다. 곡조는 맞지 않았다. 그리고는 내가 있는 것도 모르는 듯이 합장을 하고 수없이 절을 하였다. 나는 새파랗게 머리를 깎고 남복을 입고 가사와 장삼을 걸친 실단을 눈앞에 그리면서 그가 절할 때마다 너푼거리는 하얀 자락을 보고 있었다. 어둑어둑한 방바닥에 움직이는 실단의 하얀 버선발이 이상한 감촉을 주었다.

나는 밥을 먹고 간다고 일어났다. 다 어두운 때에 눈 깊은 산길을 갈 수도 없는 일이었지만 외딴 산골 단간 방에서 젊은 남녀가 단 둘이 잔다는 것은 괴변이 아닐 수 없었다. 그러나 실단은 내 손에 들린 두루마기를 붙들었다.

"오늘은 여기서 묵어 가셔요. 이 세상에서는 다시 만날 기약도 없을 것을. 우리 이 밤이 새이도록 실컷 이야기나 해요. 나도 김 선생께 하고 싶은 말이 태산 같고 김 선생헌테 듣고 싶은 말도 수수만만이야요. 자, 저기 아랫목에 가 앉으셔요."

하고 살짝 내 어깨를 떠민다. 그리고 나를 아랫목에 붙들어다 앉혀놓고 자기도 목 꺾어 내 옆에 와 앉는다. 한 무릎을 세우고 치맛자락으로 발과 무릎을 가리우는 양이 외가에서 할 때의 그의 자세 그대로다. 다만 달라진 것은 그의 땋아 늘였던 머리가 지금은 해 얹었고, 그 때에는 분홍치마 노랑 저고리던 것이 지금은 눈가루가 날릴 듯한 소복이다.

"벌써 칠 년이 되었죠, 우리가 윷을 놀던 그 때가?"

"그럼요. 그 날은 달이 밝았지."

하고 실단은 멍하니 옛일을 생각하는 모양이었다. 그의 얼굴 근육이 복잡하게 움직이고 있었다.

"그 날은 다시는 못 돌아오죠?"

하고 실단은 울음을 삼키는 듯이 입을 꼭 다물었다.

"그 날이 한 번만 더 돌아왔으면. 한 번만, 단 하루만."

하고 실단은 눈을 크게 떠서 나를 똑바로 보고 있었다.

"자고 나면 새 날, 자고 나면 새 날, 늘 새 날이 오는 게 좋지 않아요?"

나는 이런 말을 하였다.

"새 날이요? 나 같은 사람한테 무슨 좋은 새 날이 와요? 자고 나면 더 슬픈 날, 더 괴로운 날이지요. 하루하루 세월이 거꾸로 흐른다면 좋은 날도 있겠지마는, 거꾸로 간다면 그 날, 외가댁에서 우리들이 윷놀이하던 날도 돌아오겠지마는 인제는 다 틀렸어요. 그래도 오늘은 김 선생을 만나 뵈었으니 좋아요. 오늘 하루만이라도 윷놀이하던 날이 되었으면 얼마나 좋을까?"

하고 혼잣말로 중얼거리면서 고개를 설레설레 흔든다.

나는 또 교사의 버릇을 내이지 않을 수 없었다.

"그렇게 너무 비감해 하지 마시오. 아직도 인생이 시작 아니오? 앞으로 어떤 재미있는 대목이 있을지 알아요?"

"좋은 일? 내게 무슨 좋은 일이 있겠어요? 이제 내게 남은 좋은 일은 죽는 일밖에 없을 거예요."

하는 그의 몸에서는 찬바람이 훅훅 부는 것 같았다. 이것도 내가 처음 보는 실단이었다. 그는 벌써 여성을 초월한 사람 같았다.

"지금 세상에야 다시 시집가는 것도 흠이 아니오. 앞으로 몇 해 동안 공부나 하다가 학교를 졸업하고 나서 또 혼인할 수도 있잖아요? 또 혼인을 안 하더라도…"

내 말에 중동을 꺾어서 실단은,

"아니, 날더러 또 개가를 하란 말씀야요?"

하는 소리는 날카롭고 샐쭉한다. 나는 아차 하고 내가 한 말을 후회하였다. 아직 초상 과부더러 재가를 권한 것은 과연 실례였다.

"그 말씀 들을 만해요. 내가 정말 단정한 계집이면야 언제까지라도 현생(現生)에서 당신을 기다리지 왜 시집을 가요? 그 날 당신이 우리 집에 찾아오시기까지 한 걸 왜 내가 초례청엘 들어가요? 당신께 매달려서 난 다른 데로 시집은 안 가요, 날 데려가요 하지를 못하였어요? 그러고는 마음은 당신한테 두고 몸만이 다른 데로 시집을 갔어요. 그랬다가 과부가 됐어요. 그러니깐 어차피 훼절한 헌 계집이지요. 하지만 나도 원통한 것이 있어요. 당신을 원망할 것이 있어요. 그 날 왜 날더러 다른 데 시집가지 말라하고 한 마디를 못해 주셨던가요? 나는 당신의 입에서 그 말이 나오기를 기다렸어요. 만일 당신이 정말 나를 사랑하셨다면 한 마디 무슨 말씀이 있을 것 아냐요. 나는 그 때에 당신이 나를 껴안아 주기를 기다렸어요. 그랬더라면 내가 왜 가기 싫은 시집을 가요? 신랑은 온다고 그러고 하늘같이 믿는 당신의 입에서는 암 말도 없고. 그래서 나는 에라 될 대로 되라 하고 시집을 간 게야요. 내가 세상을 버린 것은 그 날이에요. 생각하면 원통하고 분해요. 나는 아마도 제 명에는 못 죽을 거야요. 나는 첫날밤에도 물에 빠져 죽을 양으로 뛰어나왔었어요. 어머니헌테 들켰지요. 시집이라고 가서 목을 매어 죽을 생각도 해보았어요. 하지만 이대로 죽는 것이 원통해서, 한 번 당신을 만나면 내 속의 말이라도 해 보았으면 해서 기다렸지요. 그랬더니 부처님이 도우심인지 오늘 천만 염외(念外)에 당신을 만나 뵈었어요. 그런데 당신은 날더러 개가를 하라시는군요.”

하고는 실단은 무릎 위에 얼굴을 대고 흑흑 느껴 울기를 시작하였다. 나는 들먹이는 실단의 어깨와 등을 물끄러미 바라보고 하염없이 앉아 있었다. 무한히 가엾건마는 어찌할 수가 없었다. 나는 가볍게 그의 어깨를 흔들었다.

“울지 마오. 울면 무엇하오? 지난 일은 지난 일이고, 앞날 일이나 생각하는 것이 좋지 않소? 서울이라도 가서 이화학당 같은 데서 공부나 하고, 그러고……”

그러나 내 말을 다 듣지도 않고 실단은 고개를 번쩍 들면서

"싫어요. 공부도 다 싫어요. 땅에 떨어졌던 밥을 다시 주워 먹을 생각은 없어요. 그만큼 말을 해도 내 속을 몰라주셔요. 내 속을 알아주는 사람은 아무도 없어요. 그러니깐 구름과 물소리와 벗을 삼아서 죽는 날까지 살아가자는 거야요."

하고는 두 손바닥으로 눈물을 닦고 일어나 나가버린다.

그가 다시 들어올 때에는 언제 내가 울었느냐 하다시피 방글방글 웃는 낯이었다. 그는 세수를 한 모양이었다. 나는 그의 속을 알 수 없었으나 방안을 내려 누르던 무거운 기운이 없어진 것만은 좋았다. 나는 비로소 자유로 숨을 쉴 수가 있었다. 동시에 그는 내게서 천리 만리 먼 곳으로 떠나간 것 같았다.

"인젠 주무셔야지."

하고 실단은 이불보퉁이를 꺼내었다. 나는 그에게 잠자리를 정하는 자유를 줄 겸 밖으로 나왔다. 눈은 그쳤으나 아직 푸른 하늘은 보이지 않았다. 나는 옛 기억을 더듬어 약물이라는 샘물을 찾아 내려갔다. 나는 물 한 바가지를 떠서 양치하고 벌꺽벌꺽 마셨다. 창자 속이 찌르르하도록 차다. 나는 그 물로 낯을 닦았다. 새 정신이 번쩍 들었다.

"여보셔요, 여보셔요."

하고 부르는 소리가 들렸다. 실단의 소리다.

"네에."

하고 나는 대답하고 층층대를 오르기 시작하였다. 실단은 팔짱을 끼고 마당에 나와 있었다.

"추운데 무얼 하고 그렇게 오래 계셔요? 달이 저만큼 왔을 거야요. 오늘이 열 사흘 아냐요?"

실단은 아까 울던 것도 다 잊어버리고 마음이 상쾌한 모양이었다. 실단은 층계를 올라가며,

"어서 들어와 주무셔요."

하고 말했다. 나는 실단을 따라 방으로 들어갔다. 아랫목에는 다홍 깃을 단 남빛인가 싶은 명주 이불이 깔려 있었다. 그리고 거기서 두어 자쯤 떨어져서 자주인지 분간할 수 없는 처네가 하나 놓여 있었다. 그것은 아마 이 절 노장의 것인가 싶었다.

"저 아랫목에서 주무셔요."

하고 실단은 내게 벨 베개를 바로 놓으면서,

"이것이 김선생을 생각하고 만들었던 거야요. 사랑 이불로. 그래서 이렇게 요도 좁고 이불도 좁답니다. 오늘 한 번 주인이 써 보셔요. 난 여기서 자요."

내가 우두커니 무슨 생각을 하고 있는 것을 보고 실단은,

"어서 누우셔요. 먼저 누우셔야 나도 누워요."

하고 이불보를 접어서 제 베개를 만든다.

“요도 안 깔고?”

“중은 깔개 없이 잔다면서요?”

“중은 그렇겠지만.”

“세상에 요 못 깔고 자는 사람이 더 많지요.”

하고 실단은 웃는다.

“정말 중은 누더기 하나로만 살아야 한대요. 누더기 하나가 낮에는 옷이 되고 밤에는 이불이 되고 그래야 한대요. 중은 일절 중생의 수고로 만든 것을 받아서는 안 된대요. 중생이 먹고 내버리는 것을 얻어먹고 중생이 내버리는 헝겊으로 쪽모이를 해서 누더기를 만들어서 입고 살아야 정말 중이래요. 커단 집에 배불리 먹고 뜨뜻이 불 땐 방에다가 포근한 요 깔고, 가쁜한 이불 덮고 그리고 남편이니 아내니 하고 호강스럽게 살자니깐 모두 걱정이지, 그 욕심만 버리면야 무슨 걱정야요? 노장님헌테 들은 소리니깐 자세힌 몰라요. 아무러나 좋은 뜻 아냐요? 그러니깐 나도 그 도를 닦아 보려는 거야요. 누더기 하나만으로 살아보려는 거야요. 그러니깐 나 자는 걱정 마셔요. 자, 어서 주무셔요. 어서!”

나는 말없이 자리에 누웠다. 실단의 말에 저항할 수 없어서 순순히 복종한 것이었다. 어떻게 그 말을 거역할 수 있으랴. 그의 말이야말로 성인의 말이요. 하늘의 말이었다.

그 단순한 표현 속에 인생의 모든 진리가 품겨 있는 것 같았다. 나는 인생에 대한 모든 의문이 환하게 풀린 것 같이 속이 후련함을 느꼈다.

나는 대체 무슨 전도를 하였는고? 내가 무엇을 알았다고 남에게 무엇을 가르쳤는고? 나는 내 집이 오막살이인 것을 부끄러워하고 내 월급이 적은 것을 불행하게 생각지 않았는가. 누가 나를 조금만 덜 대접해도 노하지 않았는가. 세상사람들이 좋다는 걸 탐하지 않았는가. 중생에게 일절 폐를 끼치지 않는 생활, 아아, 그것만이 오직 사랑의 생활이다.

잠이 들었다가 깨었을 때에 벌써 실단은 방에 없고 부엌에서 땔나무 타는 소리가 들렸다. 시계를 보니 네 시. 그러면 실단은 잠이 못 들고 있었던가. 실단이 누웠던 자리를 만져보니 얼음장과 같이 찼다. 아랫목만이 더운 모양이었다. 나만 따뜻한 자리에서 단숨에 내쳐 잔 것이 부끄럽기도 하고 미안하기도 하였다. 나는 실단이가 아궁이 앞에서 타는 불을 바라보면서 앉았을 모양을 생각하면서 일어나 문을 열고 밖으로 나왔다. 하늘에는 구름이 한 점도 없고 별이 총총하게 반짝거렸다. 나는 날이 새면 마당의 눈이나 쳐 놓고 가리라 하면서 문소리 안 나게 방에 돌아와서 도로 자리에 드러누웠다. 모처럼 나를 위하여 불을 때어 주는 실단의 호의를 깨트리기가 싫었던 것이다. 나는 그와 내가 부부가 되었더라면 반드시 행복되었을 것이라고 생각하였다. 그러나 이미 늦은 일이었다.

내가 관음굴을 떠날 때에 실단은 일어서 나가려는 내 품에 와서 안기었다. 칠 년 전 한 보름날 밤 외갓집 밤나무 수풀에서 하던 고대로의 자세로 그는 두 손을 내 젖가슴에 대고 얼굴을 내 가슴에 묻었다. 나는 두 손을 그의 어깨 위에 얹어 사랑하는 정을 표하였거니와, 그 때 모양으로 가슴도 두근거리지 않고 숨도 차지 않았다. 귀엽고 반가웠으나, 그것은 형제의 정일지언정 애인의 정은 아니었다. 아마 그도 나와 같은 감정을 경험하였는지 내 가슴에서 고개를 들고 한숨을 쉬었다.


이것이 실단이와 나와의 마지막 작별이었다. 그로부터 사오 년 후에 나는 그가 자살하였다는 소식을 들었다. 아마 그의 도력이 번뇌를 이기지 못하였음인가. 나는 아직도 그가 어떻게 죽었는지를 알지 못하거니와 그렇게도 이쁘고, 얌전하고 재주 있던 한 여성이 무엇 하러 세상에 와서 그런 불행한 생활을 하고 간 것일까 하고 근 사십 년이 지난 오늘날까지도 가끔 그를 생각하고는 슬퍼한다.

"정말 중은 누더기 하나로만 살아야 한대요… 커단 집에 배불리 먹고, 뜨뜻이 불 땐 방에 포근한 요 깔고 가쁜한 이불 덮고 그리고 남편이니 아내니 하고 호강스럽게 살자니깐 모두 걱정이지, 그 욕심만 버리면야 무슨 걱정야요?"

하던 그 복음을 내게 전하러 이 세상에 나왔던 것인가. 그리고 저는 '그 욕심만 버리면야' 하던 그 욕심을 버리려고 애를 쓰다 쓰다 못하여 죽어버린 것일까.

아무러나 내 소년 시대의 마지막을 더럽힌 문의 누님 사건을 반복하지 않고 실단이와의 깨끗한 작별로 내 청년시대의 허두를 삼은 것을 다행으로 여긴다.

실버문고 · 301  [이광수 자전소설]

**나**(소년 편, 스무 살 고개)

초판 1쇄 펴낸날  2001년 5월 4일

지 은 이  이광수
엮 은 이  이상진
기획위원  이강엽 · 이상진
펴 낸 이  이정옥
펴 낸 곳  평민사
　　　　　서울시 서대문구 남가좌2동 370-40
　　　　　전화  영업 代 · (02)375-8571  편집부 · (02)375-8572
　　　　　팩시밀리  (02)375-8573
　　　　　E-mail : yeeuny@unitel.co.kr
등록번호  제10-328호

값 6,800원

ISBN 89-7115-339-3　03810
ISBN 89-7115-401-2　(set)